1

Erlebter Wahnsinn
Marie van Huellen

Erlebter Wahnsinn

by

Marie van Huellen

Inhalt

Für meine Familie

Vorwort

Wie fühlen Menschen, die spüren, mein Leben hat sich verändert? Nichts ist wie es einmal war, nichts wird mehr wie früher sein. Alles ist anders, von jetzt auf gleich. Alles will nicht mehr. Da ist etwas, dass uns beeinflusst, unser Leben mit bestimmt. Wir wollen, wir können, doch... wir werden gestoppt. Einer sagt Halt!, so nicht, mischt mit, beeinflusst die Andern und... die machen mit, aus Angst, aus Geldgier. Wer ist ER? Wer hat die Macht? Wer hat den Erfolg? Wer verfügt über unendlich viel Geld, über Zeit und Raum, über Möglichkeiten? Wer hat Interesse, zwei Menschen zu schaden, ihren Kindern, der Familie? Wer sind die Opfer? Eine Fiktion.

‚Wahnsinn ist, wenn's Hirn's nicht mehr packt...'

Sascha und Sophie

Jedes Mal fragte sich Cilly, wenn sie in dem Buch las und ein Horrorszenario nach dem andern sich auftat, wie ist das möglich? Solch grausame Menschen kann es nicht geben. Albert hatte ganz recht. All die Taten mussten am Geld scheitern. Wer hatte soviel? Wenn Sophia Schwarzenbach auf der Straße belästigt wurde, von immer anderen Leuten, wer sollte das bezahlen? Woher kamen die Täter? Das würde kosten, darüber war sie sich klar. Der Thriller war das Resultat eines genialen Hirns, irgendeines Verrückten, die haben es ja besonders im Kopf. Sie konnte von der Geschichte nicht lassen, musste in dem Buch lesen bis die Angst kam. Sie legte den Krimi aus der Hand, verschloss ihre Haustür und sicherte die Fenster, damit keiner einbrach. Das sollte es ebenfalls geben, dass Menschen in jedes Haus, durch jede Tür, jedes Fenster eindrangen, ohne Spuren zu hinterlassen. Grausig, die Vorstellung. Cilly lebte allein in ihrem Haus. Wenn etwas geschah, keiner hörte sie. Eines Tages ließ sie alle Türen und Fenster von innen verriegeln, das hatte Albert geraten, das war sicher. Der Erfolg, sie schlief ruhiger in der Nacht und am Tag fühlte sie sich besser. Die Leute draußen, die bekamen mit, wenn jemand einbrach, sie sahen die Täter. Warum holte keiner Hilfe, benachrichtigte die Polizei? Bei ihr war nichts zu holen, beruhigte sie sich und doch... Cilly kannte Leute in ihrer Nachbarschaft, die wurden seit Jahr und Tag belästigt. Zwei große schwarz gekleidete Männer mit einem Liliputaner-Fettkloß, einer Nutte, drangen in die Wohnung der Nachbarn ein. Mehr breit wie hoch war die Hure, eklig anzusehen. Immer andere Männer, der gleiche Kloß wie sich die Nachbarn erzählten, die kamen bei Tag und bei Nacht. Warum kamen sie zu den Leuten? Was wollten sie? Warum holte keiner Hilfe? Aus Angst, aus Geldgier? Sie belästigten ein Ehepaar. Was geschah mit dem Mann, was mit der Frau? Der Mann ist verrückt und die Frau, die arme, macht alles mit, erzählten sie sich. Manchmal wurde es laut, die Frau schrie: „Warum muss ich das ertragen, seit dreizehn Jahren...?"

Sophia Schwarzenbach hatte einiges zu erledigen und fuhr mit der Bahn in die Stadt. Es war Frühling, sie trug ihren hellen Mantel. Jetzt brannte die Nase. Sie schaute an sich herunter und... ihr Mantel wurde bespritzt, dunkle Flecken waren zu sehen. ‚Sie sind hinter dir her, die Verfolger, die dich seit Jahr und Tag belästigen.' Im Kaufhaus lief sie zur Toilette, spülte die Nase, entfernte den Schmutz. ‚Mist, das Kleidungsstück muss in die Reinigung. Wann ist endlich Schluss?', fragte sie sich. 'Wann ist alles vorbei?.., der Wahnsinn existiert seit drei Jahren.' Sophie hatte sich geschworen: ‚Die kriegen mich nicht unter, ich lass mich nicht aus der Ruhe bringen.' Sie ging ihren Weg, hob Geld von der Bank ab, besuchte Modehäuser, den Markt. ‚Was sollte sie Sascha heute Abend kochen?', ging es ihr durch den Kopf. Zum Abschluss ihres Stadtbummels lief sie ins Münster und genoss die Stille des Gotteshauses, welches ihr Kraft vermittelte, Kraft die sie dringend brauchte, um ihr Leben zu ordnen und den Belästigungen zu trotzen. Nach dem der Vertrag mit ihrer Boutique ausgelaufen war, hatte sie sich mit Sascha, dem Vater ihres Kindes, zusammen getan, sie arbeitete jetzt für ihn. Eines Tages war der Betreiber des Freizeitparks der Meinung, dass die Bademäntel, die Sophie verkaufte, besser in seinen Shop passten. Ihr Geschäft war ruiniert und überhaupt...

Sascha, ein freiberuflicher Computerfreak, fand sich im Leben nicht zurecht, er lief durch die Gegend, wusste nicht wohin. Zurzeit ordnete Sophia sein Büro, die Papiere, die gestapelt in der großen Wohnung herumlagen und machte die Steuer. Sarah, ihre gemeinsame Tochter, war erwachsen und studierte an der Kölner Uni. Gegen Nachmittag fuhr sie bepackt mit Tüten aus der Stadt kommend in seine Wohnung, um weiter aufzuräumen, Akten zu sortieren und um aus der Wohnung ein bewohnbares Etwas zu machen. Die Küche war bei Saschas Einzug komplett. Er besaß ein kleines Esszimmer, ein Schlafzimmer sowie einen großen Wohnraum ohne Möbel. Im Schlafzimmer zierten geleerte Bierflaschen die Fensterbank. Chaos. Tagsüber arbeitete der Mann in Frankfurt. In der Früh um fünf stand er auf, fuhr mit dem Zug. Gegen zwanzig Uhr holte Sophie ihn vom Bahnhof ab, sie aßen zu Abend, schauten fern und schon war der nächste Tag gekommen. Er war ein großer blonder Mann von 1,90 m, Mitte vierzig und auf der Suche. Sophie suchte ebenfalls. Sie hatte die

Beziehung zu einem älteren Mann beendet, der ihr gedroht hatte: „Wenn du mich verlässt, wirst du mich von einer Seite kennenlernen, die du nie bei mir vermutet hättest, ich kann gemein werden und fies..." Der Tag kam.

Der Bus hatte angehalten, Sophie stieg aus, lief zum Haus und öffnete die Tür. Sie traute ihren Augen nicht, die Wohnungstür war offen. Einbrecher waren während ihrer Abwesenheit eingedrungen, Fenster und Türen zum Garten standen auf, Saschas Schrankinhalt lag zerstreut auf dem Boden und die Unterlagen, die sie seit Tagen geordnet hatte, in die war ein Tsunami gefahren. ‚Nein', schrie sie, ‚nein'. Sie rannte zum Telefon benachrichtigte ihren Freund und die Polizei, die kurze Zeit später kam. Die Beamten inspizierten die Wohnung, begutachteten Fenster und Türen. Anzeige gegen Unbekannt wurde erstattet, Saschas teure Kamera fehlte. Was war passiert? Nach einem halben Jahr wurde der Einbruch wegen Nicht-Ermitteln-Können des Täters eingestellt. Und die Kamera...?

Sophie war eine Frau, die die Vierzig überschritten hatte und laut Psychologischer Homöopathie ein ‚Medorrhinum-Mädchen'. Die Natur hatte sie mit einem hübschen Äußeren und einem klaren Verstand versehen. „Der liebe Gott hat dich gut ausgestattet, Sophia, ein hübsche Schale und ein kluges Köpfchen.., seltene Kombination", so ihr Freund. Sie wunderte sich über seine Worte. Sascha glaubte so wenig an Gott wie ein Fisch Fahrrad fuhr. Im Gegensatz zu ihr, war der Mann leicht depressiv und ein wenig verrückt. Ihr freudiges Gemüt steckte so manches weg. Wie dieses Mal, sie waren eingebrochen, was kam noch... Beißende Gerüche drangen Tag und Nacht durch Fenster und Türen. Sophie hielt sich nachts ein präpariertes Tuch vor die Nase, am Tag lief sie mehrmals ins Bad und spülte sie aus. Sie dachte an ihre Lungen, an SEINE Worte: „Bei mir brauchtest du keine Vitaminpillen, jetzt brauchst du sie, damit nichts passiert." ‚Verdammte Scheiße.., was soll das?', sie wurde ungeduldig und schlug die Tür hinter sich zu. Sie konnte sich keinem anvertrauen, Sascha wusste Bescheid und der Anwalt. Das dubiose Angebot der Frau aus der Reinigung hatte sie lächelnd abgelehnt: „Wenn Sie sich mal jemand anvertrauen möchten...", was fiel der ein, von wem wurde die geschmiert? Und Frau Mayer, die Hauseigentümerin, die war ebenfalls informiert. Die kam immer noch dann, wenn Sascha zu Hause war, sie sah ihn gerne und signalisierte, mit dir würde ich auch mal... Wenn sie vor ihm stand, beleckte sie genüsslich ihre Lippen. „Bei der hast Du Chancen, Sascha!" „Ich will aber nicht, die hat gerade eine Hirnwendung mehr als ein Huhn, damit sie nicht in den Hof kackt." Ab und an besuchte Loni Mayer Saschas Mutter, die beiden waren sich einig. Frau Trauthmann mochte sie, die gute besaß zwei Mietshäuser, aber dicke Beine. Neulich abends hatte sie Brennzeug gespritzt. Als sie weg war, lief Sophia ins Bad, spülte ihre Nase aus.

Von jetzt an wollten sie zusammen leben, eine Wohnung und so.., das hatten Sascha und Sophie beschlossen. Von Heirat wurde nicht gesprochen. Ihre alte Wohnung musste renoviert und vermietet werden, sie hatte genug zu tun. Aus zwei Haushalten wurde einer gezimmert, der Rest aussortiert und zum Müll gebracht. Ein neuer Lebensabschnitt begann. „Wie Ihr habt Euch zusammen getan, warum denn das, nach all den Jahren..?", so Saschas Mutter. Die Frau hatte recht, Sophie hatte das Töchterchen alleine erzogen und jetzt?, sie waren doch nie miteinander klar gekommen. ‚Sascha hatte was, aber was?‘, hatte sie sich so oft gefragt. Menschen ändern sich. Sie waren vernünftig geworden, verantwortungsbewusst! Eines Tages suchte sie ihr Calcium, Sophia wusste, ich hab's in meine Tasche gesteckt. Der Arzt hatte es ihr für die Knochen verschrieben. Das Wochenende war gekommen, Sascha musste nicht nach Frankfurt. Samstags unternahmen sie eine Fahrradtour im nahegelegenen Wald, sonntags besuchten sie seine Mutter, die backte am Wochenende einen guten Kuchen, mit Kaffee ein Genuss. „Wenn Ihr doch jetzt zusammen seit und heiraten wollt... oder habt Ihr schon geheiratet?, dann müsst Ihr auch an Sigismund denken, Sophia. Du hast doch eine reiche Mutter, Du erbst mal, bekommt der Sigismund auch was?" „Wie bitte, was hab ich mit Deinem ältesten Sohn zu tun?" Sie verstand nicht richtig. „Ganz klar, NEIN, der bekommt nichts." Die Frau guckte komisch und Sophie saß im falschen Film, Sascha war an ihrer Seite. Sie begaben sich auf den Heimweg. „Hast Du gehört, was Deine Mutter gesagt hat?" „Nö, hab ich nicht." ‚Der bekommt nie was mit, auch wenn er neben mir sitzt, was ist das bloß?‘, fragte sie sich.

Montags in der Früh klingelte um fünf der Wecker, eine neue Woche begann. „Doof, das Wochenende ist vorbei, ich muss aufstehn", Sascha verschwand im Bad, Sophie kochte ihm den morgendlichen Kaffee und legte ein geschmiertes Brot an den Tellerrand. Sie verschwand wieder unter der warmen Decke. Ihre Tasche stand neben dem Bett. Als Sascha ihr den Abschiedskuss auf die Wange drückte hörte sie, wie er etwas in ihre Tasche fallen ließ. ‚Was ist das?‘, fragte sie sich. Als er aus der Tür war, schaute sie nach, traute ihren Augen nicht, das gesuchte Calcium-Fläschchen war wieder da.. ‚Was soll das? Er hat sich einen Spaß erlaubt, ich werde ihn heute Abend fragen‘, beruhigte sie sich. Der Tag verlief wie immer, der Abend kam und Sascha war wieder zu Hause. „Ich hab' heute mein Calcium gefunden, Sascha, es war plötzlich in meiner Tasche, heute Morgen." Keine Reaktion. Sie wunderte sich, dachte nicht weiter nach, warum, er hatte es vergessen. Sascha war kein Mann der vielen Worte. Ab und an gab es morgendliche Wutausbrüche, laut und deutlich. Sophie dachte an Familie Krüger, die im ersten Stock wohnte und sich noch im Schlaf befand. Ihr Freund schrie in aller Früh und ließ eine sich fragende Sophie zurück: ‚Was ist los mit ihm?' „Schreit Sascha immer noch?", so seine Mutter. „Warum soll er, es gibt keinen Grund..", erwiderte sie. „Das hast Du ihm schon abgewöhnt, die Frau Mayer hätte das nicht geschafft, Du ja..", war die Antwort.

In Wippendorf ging's richtig los. Mit Frau Krüger kam Sophie ab und an ins Gespräch, sie trafen sich in der Waschküche des Hauses. Eine Frau, die sich ebenso gerne mit dem Haushalt beschäftigte wie sie selbst. Das Thema Sascha Trauthmann lag auf der Hand. „An einem Wochenende mussten wir den Schlüsseldienst holen, Herr Trauthmann war nicht zu Hause und seit Freitag in der Früh, fünf Uhr, klingelte sein Wecker. Wie Sie wissen, ist das Haus hellhörig und das nicht enden wollende ‚Gepiepe' hat uns schier den Verstand geraubt. Und... was wir ebenfalls nicht verstehen ist, dass Herr Trauthmann unseren Kindern nicht erlaubt, in seinem großen Garten zu spielen. Unter der Woche ist er doch eh in Frankfurt, die Wohnung ist unbewohnt." „Das fange ich gar nicht erst an, dass die Kinder von den Krügers in meinem Garten spielen, ich habe die Wohnung mit Garten gemietet. Erst kommen die Kinder, dann weht die Wäsche der Frau Krüger vor meinem Fenster, das geht nicht. Und außerdem möchte ich, wenn ich zu Hause bin, auch mal nackt durch meine Wohnung laufen und nicht an Kinder denken müssen, die neugierig durch die Fenster gucken, zumal ich kein Freund von Gardinen bin...", seine Antwort. „Warum haben Sie das denn gemacht, einen weiteren Fünf-Jahres-Mietvertrag unterschrieben?, da kommen Sie doch nicht mehr raus, wenn Sie mal ausziehen möchten?", die Krügers meinten es gut mit ihrem Nachbarn. „Da komm ich schon raus, wenn ich will...", war die Antwort. Loni Mayer war Sylvester Nachmittag mit einer Sektflasche bei Sascha erschienen. „Wir müssen anstoßen, in ein paar Stunden ist das alte Jahr vorbei und... hier musst Du unterschreiben." Er unterschrieb. Die Sache endete vor Gericht als Sascha mit seiner Sophie von Köln nach Wiesbaden zog. ‚Drei Jahre Miete für eine leer stehende hundert Quadratmeter Wohnung mit Garten oder ein liquider Nachmieter', lautete das Gerichtsurteil. "Das mit der Mayer war eh immer so ne Sache, die hat meine Putzfrau beauftragt, ihren Keller zu putzen und das.. auf meine Kosten. Eines Tages als ich zu Hause war, hab ich sie überlistet. Ich hab die Dusche volle Kanne aufgedreht, die Türen aufgemacht und gehört wie die Mayer zu der Frau gesagt hat: „„Jetzt können Sie auch noch schnell den

Keller putzen, der Herr Trauthmann steht unter den Dusche.""" Da bin ich aber runter und hab die Mayer zusammengeschissen, die stand wie ein Häufchen Elend in der Ecke und hat gesagt: „„Ich hab's doch nicht so gemeint, sei bitte nicht böse.""" ‚Du listiges Weib kannst mich mal', hab ich gedacht und die Putzfrau auf der Stelle entlassen und... weil die Mayer geheult und gebettelt hat, hab ich die Frau doch wieder eingestellt." „Mich machst Du nicht zur Schnecke, das sag ich Dir...", so Sophie. „Du bist ja auch nicht die Mayer."

Es war die Zeit des Aufräumens und Aussortierens. „Nächstes Wochenende gehen wir in den Keller, der ist ebenfalls dran, Sascha." Am späten Samstagnachmittag liefen beide die Stufen hinab, Sophie zwängte sich in den kaum zu öffnenden Verschlag, der voll Kleider und Gerümpel war und traute ihren Augen nicht. ‚Da ist ja mein schwarzer Rock, meine rote Bluse, die ich in der Disco getragen habe, wie kommen die hierher?', die Gedanken schossen ihr durch den Kopf. Sie zeigte Sascha fragend die Kleider. Keine Reaktion. ‚Was ist los?, da stimmt was nicht.' Sie wurde nachdenklich, dachte an frühere Zeiten als die Kinder ihn in der Schule Münchhausen nannten, an die erfundenen Geschichten, die er ihr in der zehnten Klasse servierte. Musste sie sich Gedanken machen, dass ihr Freund ernsthaft krank war? Wen konnte sie fragen? Eines Abends standen sie in der Küche als Sascha plötzlich sagte: „Wir können doch heiraten." Er redete so daher, als hätte er beim Bäcker sechs Brötchen kaufen wollen. Sophie erwiderte, dass das für sie nicht in Frage käme und hoffte, ihr Freund würde sich von der Idee erholen. Sie hatten sich lieb, aber eine Ehe... Und überhaupt, das Thema war längst abgearbeitet. Als Freiberufler zahlte er dem Finanzamt einiges an Steuern, das war's also. Der weitere Abend verlief harmonisch als Sophie sagte: „Ich bin müde, ich geh ins Bett." Im Bett tat sich zwischen beiden nur hin und wieder was. Sie wusste, dass er zum gleichen Geschlecht Beziehungen hatte, einige Männer in Frankfurt kamen in Frage und... Frauen. Das wurde während der Arbeitszeit in leer stehenden Büroräumen erledigt, in der Mittagspause, irgendwo auf der Toilette, im Café. Ein paar Minuten, dann war's vorbei. Er trieb's sowohl als auch. Sascha war sexsüchtig. ‚Das passt nicht zu einer normalen Ehe wie ich mir eine vorstelle', sagte sie sich. Was Sascha nicht daran hinderte, nach vierzehn Tagen wieder zu fragen. „Hör doch mal zu Sophie, wir könnten doch.., alles wird gut werden, glaub mir!" Sie wurde schwach, dachte nach, geordnete Verhältnisse, Finanzen und so... Aber, da war sein ungeordneter Sextrieb, seine schillernde Psyche, das Calcium-Fläschchen, ihre rote Bluse, der schwarze Rock... in seinem Keller. Sie war verunsichert. ,Was ist mit dem Mann los?', fragte sie sich. ,Bei mir ist alles ok... die Verfolger, ja, die hinter mir her sind?' Sie hoffte sehr, SIE würden Sascha nicht belästigen. „Lass dich auf keinen Fall mit den Typen vom Dottore ein, verstehst du? SIE werden dich belästigen, da bin ich mir sicher." „Ich bin doch nicht blöd, so was mach ich nicht...", war seine Antwort. Wie sie Jahre später erfuhr, waren SIE ihm in Frankfurt auf der Straße, im Zug aufgelauert, hatten ihn auf die Toilette geschleppt, vergewaltigt. „Das mit der Sophia wird nichts, die liebt dich nicht, das ist keine Frau für dich. Hier haben wir eine, mit der kannst du jetzt verschwinden...", wollten SIE ihn überreden. ,Das hättest DU gern, DU kannst mich mal...', Sophie dachte an ihren älteren Bekannten.

Samstags früh fuhren sie in die Stadt, kauften Lebensmittel fürs Wochenende ein. Sonntagabend wurde gekocht, Franz kam, Saschas Freund, der von den täglichen Ereignissen nichts ahnte. Als er von seinem Heiratsgedanken erfuhr, meinte er: „Und die Mayersche, was ist mit der?" Sascha zuckte die Schulter, es gab nicht nur die Mayer, er hatte während seiner Zeit in Hamburg bleibende Spuren hinterlassen, wie er überhaupt auf dem Gebiet rege war. Sophie hatte die Spitze des Eisbergs entdeckt. ,Das ist alles krank', dachte sie. Die Sache mit Franz war ebenfalls kompliziert, er war manisch-depressiv und als Student auffällig geworden, eine wahre Fundgrube für IHN. ,Mit Franz kann man Pferde stehlen, wäre da nicht die schlimme Erkrankung.' Wie sich Jahre später zeigte, wurde der Mann ebenfalls eingesetzt, um einen Keil zwischen Sascha und Sophie zu treiben: „Zuerst wolltest du nicht und jetzt willst du?" Der Mann schaute Sophie fragend an, die ihm gerne geantwortet hätte: ,Du hast doch überhaupt keine Ahnung, wer befiehlt dir denn?' Franz war IHNEN ausgesetzt wie Gisela, Lilly, H.P.S. und nicht zuletzt Sascha, gestörte Menschen, die unter Befehlsautomatie litten. „Seit meinem vierzigsten Lebensjahr kenne ich psychisch Kranke, die mit sich und der Welt nicht klar kommen, die Spielball von Verbrechern sind, wieso?" Sie wusste keine Antwort und Sascha blickte sie fragend an. Gleich kommt Franz. Sophie war guter Laune, sie kochte, deckte den Tisch, sie aßen und spielten Rommé. Ein sich wöchentlich wiederholendes Ritual. „Schaut mal die netten alten Leutchen da drüben...", Franz hatte gesprochen. „Wie bitte, wen meinst du?", fragte sie neugierig. „Die von gegenüber werden so über euch reden, wie ihr so dasitzt und dann bei dem Licht und du.., du müsstest eigentlich auch mal älter werden." Sie schaute mit großen Augen. ‚Hoffentlich wird's nicht schlimmer', sie hatten schon einiges mit ihm erlebt, Voodoo-Tanz, Autofahren mit zwei Fingern, von Geistheilern, Gurus und anderen fraglichen Therapiemethoden war er beseelt. „Das ist für Sophia, tu der das in den Wein...", hatte er gesagt, Sascha machte und Sophie wurde schlecht. Er hatte ihren Geburtstag vergessen, ein Mann, der sich alle Daten in einen Kalender notierte. „Franz, mein Geburtstag..." Drei Jahre hatten sie ihn in ein bürgerliches Lokal eingeladen, im vierten Jahr hatte er nicht daran gedacht. „Hab ich vergessen, obwohl ich mir alles aufschreibe." ‚Es reicht!' Sie kam mit Sascha überein, das mit Franz beenden wir erst mal, wenn SIE weg sind, kann er wieder kommen. Sophie sprach auf Band: „Franz es tut uns wirklich leid, wir mögen dich, aber wir können die Belästigungen, die durch dich an uns herangetragen werden, nicht weiter hinnehmen. Bis später." „Wie wird er das verarbeiten, Sascha?" „Wenn ihm überhaupt bewusst ist, was er gemacht hat, Scheiß-Krankheit.", war seine Antwort. Der Mann vegetierte dahin bis die Manie ihn überfiel und er eingewiesen wurde. Sein Vater hatte ihn gut versorgt. Als Arzt braucht er für sein tägliches Wohl nicht zu arbeiten, er verfügt über ein Millionen-Vermögen im ersten zweistelligen Bereich. „Für mich kommt nicht mehr viel, in elf Jahren bin ich siebzig, irgendwann werde ich betreut und das war's dann", seine Worte. Er lebt in einer zweihundert Quadratmeter großen Villa, die langsam über ihm zusammenfällt. Franzens Elternhaus.

Die Strategie des Dottore: Er rekrutierte psychisch kranke Menschen und solche, für die Geld alles bedeutet, die waren ok, passten in seinen Kram. Einfältige, hässliche Weiber. „Die Frau hat se eh nicht alle, die ist bekloppt", so ein Anwalt zu Sascha und Sophia, die wieder mal in ihrem hauseigenen Verbrechen um Rat suchten.

Eines Tages als sie in der Stadt waren, blieb ihr Freund vor einem Juwelierladen stehen: „Schau, wir wohnen doch jetzt zusammen, wie wär's mit schönen Ringen?" Sie betraten den Laden, ‚einen Ehering?', fragte sie sich, ‚warum?' Mit Trauringen im goldenen Kästchen verpackt, verließen sie das Geschäft. Sascha zerrte Sophie in ein Café: „Wir müssen anstoßen, auf unsere Ringe." Ihr wurde mulmig, ‚sei's drum', dachte sie sich, ‚ein anderer schafft's bestimmt nicht.' Sie prosteten sich zu als wieder die Gedanken kamen. Sie dachte an die unschönen Dinge, die zwischen ihnen standen und die sich wie dicht gedrängte Wolken am Himmel zu einem Gewitter auftürmten. Es gab viel Ungereimtes und der Terror war nach wie vor vorhanden. Sascha hatte es geschafft, der Tag der standesamtlichen Hochzeit rückte näher. Sophie verfrachtete ihre Zweifel in die letzte Ecke ihres Hirns und sprach zu sich: ‚Sieh's positiv, wenn alles noch nicht ist wie es sein soll, es wird. Sascha liebt dich, er hängt an dir und du an ihm, sonst hättest du doch in all den Jahren einen anderen genommen.' Sie stand vor dem großen Spiegel in der gemeinsamen Wohnung, betrachtete sich. Für die Trauung hatte sie sich ein beigefarbenes Kleid gekauft, der Frisör hatte ihr eine Afro-Frisur gezaubert und in ihrem Haar glitzerte eine weiße Spange. Das Telefon klingelte, Frau Trauthmann: „Ich weiß nicht, was ich morgen anziehen soll, damals vor Jahren als Ihr schon mal heiraten wolltet, da wusste ich das, aber heute... und überhaupt, warum müsst Ihr denn jetzt noch heiraten?" Sophie fand keine Worte, was sollte das?, sie waren doch noch jung. „Dann lass es doch...", sie hängte ein: ‚Doofe Ziege, bleib da!', das mit der war schon was, die bekam mit jedem Streit. Der Hochzeits-Tag war gekommen, gegen zehn holte sie Saschas Bruder im dunklen Anzug ab, seine alkoholkranke Frau wartete im Mercedes auf dem Beifahrersitz, ihr Kopf zierte ein Hut so groß wie ein Wagenrad. Sophie und Heli verstanden sich, sie hatten eins gemeinsam, die Schwiegermutter. Als sie die Treppen zum Standesamt hoch stiegen, sagte Sascha: „Vorsicht, Sophia, da liegt was, tritt nicht rein!" Seine Familie saß bereits versammelt in dem amtlichen Raum als sie eintraten. Ihre Beziehung wurde feierlich legitimiert, die Standesbeamtin machte ihre Sache gut. Plötzlich schaute Sophie ihren gerade Angetrauten mit großen Augen an: ‚Hoffentlich haben wir jetzt keinen Fehler gemacht?' „Warum nehmen Sie nicht den Familiennamen Ihres Mannes an?", fragte die Frau. „Mit dieser Tradition konnte ich mich noch nicht anfreunden, von jetzt auf gleich einen anderen Namen tragen?, mich kennt ja keiner mehr", war ihre Antwort. Die frisch gebackene Schwägerin fragte ebenfalls: „Warum haste das denn gemacht?" „Nee, Trauthmann, nee." Nach der Trauung ging's zum Flieger. „Ihr wollte uns ja bloß nicht dabei haben, deshalb seit Ihr direkt weg", die Schwiegermutter hatte gesprochen, die sich auf den Hochzeitsfotos, wie später zu sehen war, ständig an den Kopf gefasst hatte. New York war angesagt. Sie saßen im Flieger als der Pilot verkündete: „Wir fliegen nach Dallas, Sie werden dort übernachten, morgen früh geht's weiter, über New York tobt ein Unwetter." ‚Das fängt ja gut an, wie viele Gewitter würde sie in ihrer Ehe erleben?', fragte sie sich. Es sollten unendlich viele werden aber, nach jedem Gewitter wird es wieder schön. Die Hochzeitsnacht war katastrophal, Sophie erlitt einen Heulkrampf und konnte sich kaum beruhigen, jetzt war es amtlich, sie waren verheiratet. Aber, da waren auch die schönen Momente zwischen ihnen, die Hoffnung versprachen, es würde werden, es musste werden. Die Tage in New York waren interessant, Manhattan, Macys... Am Tag besichtigten sie die Stadt und abends gingen sie ins Restaurant. „This is a missmatch between you..", ein amerikanischer Kellner hatte es ihnen gesagt und das... auf der Hochzeitsreise. „Siehst du den Typ vor uns wie der läuft? Das ist ein Schwuler, das erkenne ich am Gang...", so ihr frisch gebackener Ehemann. ‚Komisch. Was läuft hier falsch?', fragte sich Sophie.

Mittlerweile war das Paar von Köln nach Wiesbaden in ein schönes Haus am Kurpark gezogen, zu teuer für ihr gemeinsames Portemonnaie. Hinzu kam der auf Raten gekaufte Mercedes, mit dem sie ihren Mann täglich ins Büro nach Frankfurt chauffierte. Ein neuer Lebensabschnitt hatte begonnen. Der Himmel hing voller Geigen, Geigen, welche nach und nach auf die Erde fielen. Hin und wieder brannte abends ihre Nase dann, wenn Sascha zu Hause war. Sophie wusste nicht recht, keiner war da, nur Sascha. Sollte der etwa..., sie glaubte nicht. Sie wollte die Sache beobachten. Weiterhin wurde sie mit ätzenden Mitteln bespritzt, also doch... Sascha. Sie stellte ihren Mann zur Rede. Er bestritt: „Ich mache so etwas nicht, ich quäle doch nicht meine Frau, ich liebe dich." Sie wurde wütend, war verzweifelt, begriff langsam. ‚Das kann doch alles nicht mehr wahr sein, ich hab's doch gewusst, dass das nicht klappt.' Sie überlegte, wer kann Sascha helfen, uns?, sie lief zur Caritas und holte sich psychologischen Rat. „Wenn Ihr Mann Sie bespritzt, ist er ernsthaft krank, gehen Sie mit ihm zum Arzt." Und seine Unterhosen.., die täglich mit Sperma beklebt waren, die sie jetzt zu waschen hatte, was treibt der Typ nur?, sollte sie sauer oder besorgt sein, sie hatten doch gerade erst geheiratet, die Gedanken flogen durch den Kopf. Immer und ewig kramte Sascha in ihrer Tasche, was suchte er? Nachts war er aufgestanden, sie hatte nebenan gelegen, im Dunkeln war er durch die Räume gegeistert, war ins Zimmer gekommen, hatte in ihrer Tasche gekramt und... sich wieder ins Bett gelegt. Zwei Uhr in der Nacht, endlich war Ruhe. ‚Du hast einen psychisch schwer kranken Mann geheiratet', sagte sie sich. ‚Und jetzt?' Eines Tages stellte sich Sascha in einer Klinik vor, sprach mit dem Psychiater, Ergebnis ‚Schizophrenie'. Sie waren gerade mal ein Jahr verheiratet. Sophie gab nicht auf, es gibt doch Medikamente. „Diese Krankheit ist heute gut behandelbar. Sie wollen doch eine harmonische Ehe führen!", so der Arzt. Das Paar schöpfte Hoffnung. Aber, da waren die Verfolger, die mitmischten, einen Behandlungserfolg verhinderten. Täglich gaben SIE ihm Schnaps, Drogen, ein höllisches Gebräu, sein Hirn vernebelte sich. Und... SIE waren es, die ihm die ätzenden Mittel gegeben hatten. „Für Sophia", Sascha folgte. „Kommen Sie in unsere Klinik, wir werden Sie behandeln", hatte der Mediziner geraten. Eine Irrenanstalt. Er wehrte sich, könne nicht, müsse arbeiten, eine ambulante Behandlung sei in Ordnung. Einmal im Monat erhielt Sascha eine Spritze, die Symptome verschwanden, sie lebten auf, jetzt, endlich, wird alles gut. Ein Jahr lang begleitete sie ihren Mann in die Klinik, monatlich. Plötzlich brannte die Nase wieder. ‚Was ist passiert?', fragte sie sich. Sie verstand die Welt nicht mehr, alles war doch ok, in den letzten Monaten, Wochen. Sie führte mit dem Arzt ein Gespräch: „Ihr Mann hat von mir nie eine Spritze erhalten." Punkt! Er war mit von der Partie und Sophia fehlten die Worte. Sascha hatte für kurze Zeit von IHNEN kein Gift bekommen, das war's.

Monate später besuchte Sascha und Sophie ein befreundetes Ehepaar aus Köln. Die beiden waren seit Jahren verheiratet, sie kannte die Frau aus früheren Zeiten. Die Frauen verstanden sich, die Männer ebenfalls, wie sich zeigte. Die Freundin war in ihrer Ehe nicht auf Lorbeeren gebettet und hatte mit dem Mann ihre Mühe. „Gab's nichts Besseres?" „Als junge Frau sieht man das anders." „Verstehe." Eines Morgens besuchten die Männer das Schwimmbad, sie vergnügten sich, die Frauen shoppten in der City. ‚Das schwule Gehabe stinkt mir', dachte Sophie, ‚ich will normal leben.' Am Abend fuhren sie in den Rheingau, zeigten ihren Gästen die neue Heimat, die schön war, sie besuchten eine Straußenwirtschaft. Als sie am Tisch saßen, Wein tranken, brannte Sophies Nase. ‚Wie das?', fragte sie sich. Sascha saß neben ihr, der war's nicht, konnte es nicht sein, der Bekannte hatte gespritzt. ‚Warum machst du das?, wir kennen uns doch seit Jahren?', sprach sie in Gedanken. Der Mann war auf den fahrenden Zug aufgesprungen, ein Trittbrettfahrer. Sie wurde sauer. ‚Wie geht das weiter?' Eines Tages war sie mit der Freundin in Köln unterwegs, abends aßen sie beim Chinesen, Christine weinte. Sie.. hatte gespritzt, musste es tun, ihr Mann hatte gedroht: „Entweder die oder ich.." Es reicht, dachte Sophie. Sie beendete die Bekanntschaft. Trittbrettfahrer waren auf den fahrenden Zug aufgesprungen, die, die sie doch kannten. ‚Das hätte ich von dem nicht gedacht.., wie der auch?', sagten sie sich. Die Zeit brachte es an den Tag.

ER saß vor seinem Schachbrett, er liebte das Spiel, das Spiel mit den Menschen. Seine Erfindung, kein anderer war zuvor auf die Idee gekommen, dachte er, hoffte er. Die Figuren lagen ungeordnet auf dem Brett. ‚Die Bauern lassen sich leicht aufstellen, mit denen habe ich keine Mühe, die laufen und machen, für wenig. Der Turm, das Pferd, der Läufer, welche Rolle gebe ich denen?‘ Jeden Tag um drei öffnete sich die Tür, seine Magd kam ins Zimmer, servierte den Tee, stellte ihn auf den Beistelltisch, schaute ihn an, lächelte und ER...? war in Gedanken versunken, sprach zu sich: ‚Ich liebe Dich, wenn ich Dich nicht hätte.., durch Dich sehe ich, höre ich, mache ich, lebe ich, Du mein Universalgenie, mein PC.‘ „Hast Du alles, was Du brauchst, mein Lieber..?" Von Ferne hörte er sie reden. ‚Welch großes Glück ich habe, ein seriöser, älterer Herr, nett... Langsam komme auch ich in die Jahre, die Zipperlein beginnen, ich spüre sie täglich‘, die Frau hatte gedacht.

„Wie kommen die Verbrecher an die Leute, was sagen SIE?", fragte Sophie ihren Mann eines Tages. „Sie bieten ihnen Geld an. Und die Menschen, die mitmachen müssen, weil sie in unserer Nachbarschaft leben, damit sie den Mund halten, nicht die Polizei holen. Wenn die nicht wollen, heißt es: ‚Ihr habt doch Kinder...‘, die machen dann mit aus Angst, aus Geldgier." Wie Saschas Bruder: „Wenn der Dich nicht hätte, der wäre Gott weiß wo...", hatte er gesagt. Aber, er spritzte. Eines Abends besuchten sie ihn in seinem kleinen Appartement. Ihre Nase brannte. ‚Aha, der auch.‘ Der Mann lebt nicht auf der Sonnenseite des Lebens. Seine Frau verstarb in jungen Jahren, eine Alkoholikerin, der Suff war ihr Leben. Sophie mochte sie, sie hatte was. Frau Trauthmann hasste die Frau. Seit Jahr und Tag wird sie von verstorbenen Nachbarn verfolgt, redet wirres Zeug, lügt... Die Krankheit liegt in der Familie.

„Seit meinem vierten Lebensjahrzehnt habe ich es mit Superlativen des Bösen zu tun wie Neid, Hass, Sex and Crime, wieso? Sag mal was, Sascha, haben viele Menschen damit zu tun, ist das normal?" „Nein, Sophia. Du kanntest mal einen Mann, der über viel Geld verfügt, der Macht und Möglichkeiten besitzt, ich weiß nicht wie ich‘s sagen soll.., für einen Normalen sind die Dimensionen nicht vorstellbar." „Wahnsinn, unglaublich, nicht zu verstehen, man muss die Taten erlebt haben und einen Kopf, der das Geschehen transparent erscheinen lässt. Ohne Dich hätte ich das bis heute nicht überlebt", so die Frau. „Und ich erst, was meinst Du, wo ich wäre, ich wäre tot, DIE hätten es geschafft. Der Alte ist es, der sie alle ködert. Du warst eines Tages nicht am richtigen Ort als Du auf den Mann getroffen bist." „Wie kann ich nicht am richtigen Ort sein, versteh nicht." „Du verstehst schon, es war Pech, einfach Pech auf einen Mann zu treffen, der Big Boss ist und über Dinge entscheidet, die weltbewegend sind. Wie Menschen- und Waffenhandel, Drogengeschäfte, Prostitution, der auf dem neusten Stand der Wissenschaft ist wie Nanotechnologie und Pharmazie, der mitmischt, wenn es um Krieg und Frieden geht." „Mehr um Krieg, wenn ein Schiff auf dem Mittelmeer beschlagnahmt wird. Ein Schiff der deutschen Reederei, von Russen geschachtert, vom Iran angeheuert, soll iranische Waffen nach Syrien bringen. Es wurde gestoppt, syrische Oppositionelle wurden informiert. Wer kennt sich mit internationalen Operationen aus, den Gesetzen, den Nationalitäten? Ein Kuddelmuddel, so arbeiten SIE. Das bringt Geld, viel Geld."

„Wie ist das mit den Autos, die hinter uns her sind, wenn wir nach München fahren? Wenn wir anhalten, weil mir die Augen zufallen und ich auf dem Fahrersitz einschlafe. Ein Auto hält neben uns mit einer Nutte, den Zuhältern, die Dich aus dem Wagen zerren, Dich in die Pampa schleifen, Dich vergewaltigen, Dir einen Dildo einführen, Dir den Schnaps geben, das Gift, welches Dein Hirn vernebelt? Du sitzt wieder neben mir, ich werde wach, wir fahren weiter, als wäre nichts passiert. Und.. ich, ich hab von alldem nichts mitbekommen, hab keine Ahnung, was gerade passierte, weil Du den Mund hältst, nicht reden kannst. Wie ist das möglich?", fragte Sophia. „Mittels Abhöranlage, Nanosystem und Piler, die drei technischen Systeme, die uns auf unseren Fahrten durch die Republik beschatten, die komplette Überwachung, Manipulation und Vergewaltigung", so Sascha. „Wie können wir das verarbeiten?" „Wir können, wir müssen, wir haben keine andere Wahl, wenn nicht, sind wir verloren", sagte ihr Mann. Sie hatten bereits Unendliches erlebt, was würde noch kommen? Nicht selten bringen sich die Opfer um, werden wahnsinnig oder bauen eine Mauer auf, an der alles abprallt. Menschen werden zu Stein. Aus Gefühls- werden Verstandesmenschen. Der Kopf ist aktiv, Gefühle sind fehl am Platz. Und immer die Frage: ‚Wie ist's richtig, wie muss ich reagieren?' Sascha und Sophie leben aufmerksam, der Täter schläft nicht. Es gibt ihn, Tag und Nacht. Zu jeder Stunde, jeder Minute. Sie werden in einen narkoseähnlichen Schlaf versetzt. Sie hören nichts, sehen nichts. Die Tür öffnet sich, ER steht vor Sophies Bett. Es geschah in ihrem Haus in Wiesbaden, morgens gegen vier, langsam wurde es hell. Auf einmal ist ER da, beugt sich über sie, öffnet ihren Reif, den aus Bernstein. Sophie spürt, wie ER an ihr herumfingert, will sich wehren, etwas sagen, die Augen öffnen. Sie kann nicht, ist gelähmt, riecht im Halbschlaf seinen verbrauchten Atem. Ist wieder weg. Der Typ verlässt das Haus, leise, wie ER gekommen ist, ohne Spuren zu hinterlassen. Gegen neun wacht sie auf, erinnert sich. ,Da war wieder was... Am Morgen sind SIE gekommen.' Sie fasst an ihr Handgelenk, mein Armreif, wo ist er? Sie schlägt die Bettdecke zurück, sucht im Bett, auf dem Boden. ,Ah, in der Ecke, da liegt er.' SIE waren da. Sophia berichtet ihrem Mann beim Frühstück. Der zuckt die Schulter, sagt nichts, wie immer. Er schläft im zweiten Stock, Sophie im Parterre. Sascha schnarcht laut. ,Waren sie auch bei dir?', wollte sie fragen. Er hätte gelogen. Er konnte über die Taten Tage, Wochen, Monate später reden, wenn überhaupt.., seine Art, die Dinge zu verdauen. Es passierte zu viel, täglich, stündlich, minütlich. Scheiß Geld!

,Wie geht es dir in deinen eigenen vier Wänden?, fühlst du dich sicher?, hast du Angst, schaffst du es?', wollte sie sich fragen. Sie hatte die Frage vergessen, sie war eh auf der sicheren Seite.

Wie konnte es zu alldem kommen? Eines Tages traf Sophie einen netten, älteren Herrn im rheinischen Karneval, eine interessante Erscheinung. ER saß allein am Tresen in einer Bar, irgendwo in Köln. ‚Der hat was..‘, sagte sie sich. Sie sprach ihn an, ‚kein Problem‘, dachte sie, ‚heute ist Weiberfastnacht‘. Nach und nach wurden sie miteinander bekannt. Später begleitete sie ihn auf seinen Reisen, lernte einen Teil der Welt kennen: den Fernen Osten, Bangkok, Hongkong. Zu Anfang verstanden sie sich. In der Woche besuchten sie gemütliche Restaurants, an Wochenenden im Sommer fuhren sie Boot auf dem Rhein, der Mosel, der Lahn. Die Zeit änderte sich. Eine Bekannte erschien am Horizont, sie hatte es auf den Mann abgesehen. „Sorg dafür, dass die wieder verschwindet." ‚Wie soll ich, das ist dein Job...‘ dachte Sophie, die mittlerweile aufgrund widriger Geschäftsumstände in eine finanzielle Abhängigkeit geraten war. Sie betrieb eine Boutique, die vielversprechend begann, nach Jahren versandete. Zur gleichen Zeit löste sie die Verbindung zu ihrem Bekannten. In seinem Haus geschahen Dinge, die an Horrorszenarien erinnerten. Ihr goldener Ohrring verschwand, ein Souvenir aus Portugal lag nicht mehr an seinem Platz, das Fell ihres Golden Retrievers wurde mit Nagellack beschmiert. Sophia dachte, ihr Hund sei hier gut aufgehoben, während sie ihr Geschäft betrieb. Kehrten sie von einem sonntäglichen Ausflug zurück, brannte im Haus das Licht, der Fernseher lief und abends, wenn sie im Wohnzimmer auf der Couch saß, schlief sie regelmäßig ein, wachte auf, wenn ihr Bekannter aus dem Keller kam. Wer saß unten auf der schwarzen Couch, in der Bar? Ihr war komisch. Ein Gedanke schoss durch den Kopf: ‚Weg aus dem Haus, weg, wer weiß, wer hier verkehrt.‘ Sein Lover, seine Verflossenen. ‚Lassen Sie Ihre primitiven Griffel von dem Mann, er will das nicht, er mag keine ältlichen Dummchen‘, das hatte ER gesagt.‘ „Hast Du das nötig, Dich von dem Alten ständig belügen zu lassen, so wie Du aussiehst..?", fragte ein älterer Herr Sophia. „Nein, hab ich nicht, weiß ich doch..." Sie wollte in dem Haus nicht mehr sein, sie war hier nicht zu Hause, sie hatte eine Wohnung in der Stadt. Sprach sie ihren Bekannten auf die Ereignisse an, zuckte der mit den Schultern. Sie beendete die etwas andere Art der Beziehung, in der Dritte und Vierte ein Mitspracherecht hatten, in seinem Haus ein- und ausgingen.

Cilly seufzte. Jetzt kam sie wieder, die Angst. Sie dachte an Tochter Viktoria, ihren schillernden Mann, sie vermutete, dass sie Ähnliches erlebte. Alles würde positiv für Sophia enden. Das wusste Sophie, das hatte sie von einer prominenten Seherin in jungen Jahren erfahren. Eines Tages hatte sie die Frau aufgesucht mal so, just for fun. Unglaubliches hatte sie ihr erzählt, ihr ganzes Leben offenbart. „Schaut mir in die Augen und antwortet mit ja, wenn ich aus Eurem Leben berichte und ich richtig liege." Über ihre beiden Mütter hatte sie erzählt, über die Männer, über die Tochter und über den Thriller, den sie schreiben würde. „Ihr werdet bekannt werden, nein, berühmt.., das würden SIE am liebsten auch verhindern, aber SIE können nicht. Zu dem Zeitpunkt seit Ihr nicht mehr jung, Ihr seit älter. Alles wird, kommt in geordnete Bahnen, gebt nicht auf, macht das nicht, es wäre so schade..." Angefangen hatte die Seherin mit den Worten: „Eine lange Zeit in Eurem Leben werdet Ihr mal verfolgt. Warum Ihr, warum macht man das mit Euch?, wo es doch so viele Frauen auf der Erde gibt? Irgendwann wird es zwei Männer in Eurem Leben geben, der eine schafft's, der andere nicht. Der, der es schafft, den kennt Ihr von früher, der wollte immer mit Euch zusammen sein, er konnte nicht. Für ein paar Jahre ist der Mann verschwunden, dann ist er wieder da. Der andere will ebenfalls, bei dem ist auch alles da, aber er kann nicht, er ist tief verwurzelt.., obwohl es sein sehnlichster Wunsch ist, ein normales Leben zu führen. Und das mit dem Anwalt, unglaublich, was dem einfällt... Viel Zeit wird verstreichen bis alles in Ordnung kommt. Doch dann ist von heute auf morgen Schluss, ist's aus. Das mit den Autos werden sie beibehalten, es macht ihnen zu viel Spaß, bis das beendet ist, das dauert." Nach einer Stunde war Sophia gegangen, hatte die berühmte Seherin die Vision über ihr Leben beendet. „Was darf ich Ihnen geben?" „Nichts hatte sie gesagt, das braucht Ihr nicht, wenn ich Euch helfen konnte, war's mir die Sache wert." „Doch ich möchte Ihnen etwas geben." „Gebt mir vierzig Mark und... Gott gehabt Euch wohl!" Jetzt war sie wieder auf der Straße, lief den Berg hinunter zu ihrem Auto. Mit ihrem Freund würde bald Schluss sein. „Das ist ein anständiger Junge, aber es hält nicht, es werden noch viele kommen, Ihr müsst Acht auf Euch geben, seit nicht leichtsinnig, Ihr neigt dazu. Und seit vorsichtig mit den Frauen, die können's nicht mit Euch, Ihr seit gut. Mit Euren Mütter habt Ihr Pech, die eine war schlecht und die andere nicht so, aber auch. Ihr habt viel durchgemacht mit der Frau, Ihr habt's geschafft. Elternliebe lernt Ihr nicht kennen, doch dann, wenn Ihr auf den Mann trefft, für ein paar Jahre. Und... mit der Tochter werdet Ihr mal richtig Ärger bekommen, aber auch das wird und zum guten Schluss kommt da noch das Kind! Die Sache mit Euch ist vielschichtig, ich kann nicht alles so genau sehen, es wird, denkt immer daran, bringt Euch nicht in Gefahr."

Cilly war in Gedanken versunken. Sophia war bei einer Wahrsagerin, unglaublich, was die Autorin verfasste. Für einen normalen Verstand war der Thriller Fiktion, für ein krankes Hirn waren die Ereignisse denkbar. Gab es eine Mischung? Der gesunde Verstand, das kranke Hirn? ‚Die Autorin überlässt die Lösung dem Leser', sagte sie sich. Sie würde die fiktive Version wählen. Sie hatte keine andere Wahl, der Roman ängstigte Cilly, sie wurde panisch. „Der Thriller ist die Erfindung eines genialen Hirns. Und denk dran Cilly, alles scheitert am schnöden Mammon," die Worte Alberts.

Mit Spannung las sie die Stelle, als Sophie in ihre Wohnung zurückkehrte. Gegen zwanzig Uhr kam sie aus dem Geschäft: ‚Endlich zu Hause, heut war wieder ein Tag...', sagte sie sich. Sie ging in die Küche, stellte die beiden Taschen mit schmutziger Wäsche vor die Maschine und schmierte sich ein Brot. Jeden Abend das gleiche Procedere. Morgen früh nahm sie die frisch gewaschenen Handtücher wieder mit in ihren Salon. Sophie saß auf der kleinen Couch vor den großen Fenstern, blickte verträumt in den Himmel. ‚Von hier oben hast du einen wunderschönen Blick über die Stadt,' sagte sie sich. Sie genoss die Ruhe, die der Abend bescherte, Stress gab's genug in ihrem Leben und... die Verfolger. Gegen dreiundzwanzig Uhr ging sie ins Bett. Sie hatte die Türen verschlossen und einen Schrank vor die Schlafzimmertür geschoben. Das hatte der Anwalt geraten: „DEN haben Sie eines Nachts vor Ihrem Bett stehen, passen Sie gut auf sich auf, schützen Sie sich, Frau Schwarzenbach!" Sie lag im Bett, plötzlich hörte sie wie sich die Wohnungstür öffnete, Leute kamen in ihren Flur, die lachten und redeten. Sie lauschte. ‚Du spinnst, das kann nicht sein, das gibt es nicht...', beruhigte sie sich. Sie richtete sich auf, saß starr im Bett, kniff sich ins Bein. ‚Die Stimmen, das Gelächter.. Gleich würden sie kommen, die Schlafzimmertür öffnen, vor ihrem Bett stehen.. und dann?' Ihr wurde komisch, sie bekam Angst. Die Gedanken schossen durch den Kopf. ,Da ist keiner, da kann keiner sein, da ist niemand', sprach sie zu sich. ,Woher kommen die Stimmen? Doch, sie sind im Flur, fremde Menschen, Menschen, die lachen und reden, ich hör sie doch...' Auf einmal ist Stille, was jetzt? ,Ich muss aufstehn, nachsehn', sie konnte nicht, war gelähmt. ,Steh auf', sagte sie sich, ,steh auf, was soll das, überwind dich, mach...' Sie stand auf den Beinen, lauschte, nichts war zu hören, kein Ton. Sie schob den Schrank beiseite, öffnete das Schloss, die Tür, schaute ängstlich in den Flur und... kein Mensch weit und breit, niemand. ,Was war passiert?' Langsam beruhigte sie sich, die Beine zitterten noch: ,Du musst das jetzt auf die Reihe kriegen', sprach sie zu sich, ,was hat DER gemacht, wie ist so etwas möglich? Du bist allein, Du musst mit dem Wahnsinn klar kommen, Du kannst einpacken, wenn nicht...' Sie hatte mal von Schallübertragung gehört. ,Aber Schallübertragung.., arbeitet DER auch damit?', fragte sie sich. ,Ja, macht ER, das wird so sein, das muss so sein. Wie sollen die Stimmen in den Flur kommen? Hier war keiner! Das war's also. Das hast du perfekt hinbekommen.., du Schwein, was soll das, willst du zeigen, was du drauf hast, ich glaub's dir doch!' Sie hätte IHN in der Luft zerreißen können, den Alten. Vom Kirchturm schlug es zwölf. Sie stieg wieder ins Bett, schlief unruhig ein, wälzte sich hin und her, träumte wirres Zeug. ,Wenn du d e n Mann nicht kennen gelernt hättest, der gerade erlebte Wahnsinn wäre dir erspart geblieben. Wem konnte sie das erzählen, ihrem Freund, ihrer Tochter?, die kamen selber nicht klar. Keinem Menschen konnte sie berichten, sie war allein, die Leute würden sie für verrückt halten.' Der Anwalt war ihr einzig Vertrauter, der verstand sie, der hatte begriffen und gesagt: „Gnädigste, wollen wir beten, dass das nicht die...", dann war er verstummt und hatte sie in den Arm genommen. Es sollte schlimmer kommen, das war der Anfang. Mit der Zeit lernte sie wie man Türen einbruchsicher verschließt, sich nachts mit einer Maske vor beißenden Gerüchen schützt und vorsichtig gegenüber Fremden ist, gegenüber denen, die es besonders gut mit einem meinen. Fünfundneunzig Prozent der Leute machen mit aus Angst, aus Geldgier. Sophie hatte einen Bericht über Stalking gelesen.

Sonntags lief sie in der Früh zum Rhein, ihr Hund musste raus, hatte was zu besorgen. Das Tier lief zum Wasser, liebte das Nass, kam wieder, schüttelte sich, jetzt war ihr Kleid nass. Sie beobachtete ihr Karolinchen, sie schnupperte im Unrat, den die Rheinwellen angeschwemmt hatten, fraß.., hoffentlich kein vergiftetes Fleisch, schoss es ihr durch den Kopf. ‚Wir müssen zurück, ich hab zu tun, Wäsche waschen fürs Geschäft, morgen geht's wieder los.' Am Abend hatte sie sich mit einer Bekannten verabredet. Zu Hause säuberte sie dem Hund die Pfoten, sein Fell, plötzlich verdrehte das Tier die Augen, wankte, kippte um. „Hilfe", schrie sie, „Hilfe", keiner hörte sie. Hastig griff sie nach dem Hörer, wählte die Auskunft, schrie verzweifelt: „Ich brauch einen Arzt, schnell, mein Tier hat sich vergiftet." Die Vermittlung nannte einen Namen. Sie packte ihren mittlerweile ohnmächtig gewordenen Hund, nahm ihn auf den Arm und fuhr mit dem Aufzug ins Erdgeschoß. Im Wagen legte sie ihn auf den Rücksitz. Angst überfiel sie, wenn dem Hund was passiert… „Gleich, nur noch wenige Minuten, dann sind wir beim Arzt, halt durch..", beruhigte sie ihr Tierchen. Als sie die Praxis erreichten, nahm sie ihren Liebling: „Oh Gott, was ist los, was ist geschehen?", fragte der Mann. „Sie müssen helfen, schnell.." Er legte den Hund auf den Op-Tisch, gab ihm eine Spritze und... das Tier kam zu sich, erbrach wieder und wieder. Gott sei Dank, es war noch mal gut gegangen, Sophie war glücklich: „Wo ist das denn passiert?" „Wir spazierten am Rhein, da hat sie vergiftetes Fleisch gefressen. Schrecklich, schrecklich, wer macht so was?" „Solche Menschen gibt's, Sie müssen aufpassen!", war die Antwort. „Lassen Sie das Tier am Rhein nicht frei laufen, gerade am Rhein." Was war wieder passiert? Sie musste zurück, gleich kam Tilly. Das mit der war auch so ne Sache. Die war auf der Suche, suchte am Wochenende in Discos nach einem Häuptling, ein Indianer, nein. Was hatte sie zu bieten? Sie jobbte in einer Apotheke, hatte eine Tochter und trank. Ihr Vater, ein Alkoholiker. Jetzt war die Tochter aus dem Haus, arbeitete im Ausland, in Übersee. Und Tilly.., sie war allein, die Mutter verstorben, sie suchte. Eines Tages trafen Sascha und Sophie sie auf dem Weihnachtsmarkt in Begleitung. „Das ist Tillys Schwiegersohn, Sascha..." „Darf ich vorstellen, Hussein, mein Mann, er versteht kein Deutsch, ich hab ihn vor Wochen von einer Türkeireise mitgebracht, wir sind jetzt verheiratet." „Super Tilly, Du wusstest Dir immer zu helfen, alle Achtung, zwanzig Jahre jünger. Wir sehen uns", so Sophie. Und Hussein lächelte freundlich. Vor Jahren hatte sie gespritzt. Ihre Bekannten machten mit, wenn ER sie ansprach. Tilly war umgezogen in eine größere Wohnung. ,Neues Mobiliar, von dem Gehalt?', fragte sie sich. „Nebenan wohnt ein Typ, ich kann Dir sagen, ein 1,90 m-Schrank, dunkelhaarig, gutaussehend, lebt von Frau und Tochter getrennt. Am Tag schläft er, nachts ist er mit seinem großen Hund unterwegs, der jetzt vor meiner Balkontür liegt, das Riesenvieh. Ich trau mich nicht mehr auf meinen Balkon, es gibt kein Gitter. Was macht der Mann beruflich?, frag ich mich. Neulich erzählte er, dass in Siegburg auf dem Rastplatz der Autobahn ein LKW mit Frischfleisch angekommen ist, aus dem Osten, ein Zuhälter oder..?"„Kann ich Dir auch nicht sagen, vermutlich ist das ein Zuhälter, aber für wen arbeitet der?", fragte Sophie. Er arbeitete für IHN, wie sich später herausstellte. „Mit dem war ich gestern Abend in der Kiste, der Typ ist super, aber Zuhälter...?, ich weiß nicht, seine Frau soll's zu ihm gesagt haben, vielleicht hat sie recht." Tage später hieß es: „Mit dem, das wird auch nichts, schade, dabei sieht der doch gut aus und hat Kohle...", so Tilly. Monate später traf Sophie den Mann beim Italiener, ein junges Mädchen saß auf seinem Schoß, die sich liebevoll an ihn schmiegte. „Sascha, schau, da ist der Zuhälter, von dem ich dir erzählt habe, der wohnt bei Tilly auf der Etage. „Das ist Frischfleisch, die er da hat, die wird gefügig gemacht, eingeritten!" „Ich glaub's nicht mehr, mir wird schlecht." „Ist auch schrecklich, wenn man weiß, was da abgeht."

Cilly legte den Roman aus der Hand, sie wollte nicht weiter lesen. Vielleicht konnte sie Albert mit dem Buch eine Freude machen? „Nein!, das ist Schund, primitiver Kram, wie kann sich jemand so was ausdenken, ein krankes Hirn, so etwas lese ich nicht...", hatte er gesagt. ‚Erlebter Wahnsinn' würde Viktorias Mann interessieren. Der las Thriller, sein Leben, ein einziger Psychostress. Diese Gedanken.., sie wusste doch nicht. Cilly besaß den sechsten Sinn wie einige ihrer Vorfahren, die aus Westfalen stammten. Wenn die Luft vibrierte, spürte sie es. Sie wurde nervös, war schlecht gelaunt, wusste, jetzt passiert's. War's vorbei, fühlte sie sich besser. Die Schwiegermutter ahnte, der Mann hat Probleme über Probleme. Was ihre Tochter wohl mit ihm erlebte? Er liebte sie, allein kam Richard nicht klar. Ihre kluge Viktoria, die machte. Nachts, wenn es ruhig war, stockfinster, wenn sie allein in ihrem Bett lag, kamen die Gedanken. Sie schlief unruhig ein. Im Traum sah sie hässliche Frauen, die in der Unterwelt arbeiteten, die Drogen nahmen, um sich zu prostituieren. Kleine schwammige Weiber aus dem Osten mit grobschlächtigen Gesichtern, Frauen die alles taten, um an Geld zu kommen. Da war Vera, eine Fettsüchtige. Sadisten hatten sich an ihr vergangen, brennende Zigaretten auf ihrem Körper ausgedrückt, er war mit Narben übersät. Dicke eitrige Pusteln blühten in ihrem Gesicht. Sie sah Richard, der eilig in einem Haus verschwand. ‚Weg, weg...' Sie wollte laufen, kam nicht von der Stelle, eine Tür schließen, die nicht zu schließen war. Mit beiden Händen hielt sie die Türklinke, die Angst kam. Sie erwachte, ihr Nachthemd war nass, sie zitterte. Das Licht der Morgendämmerung schien durch die Rollläden. Sie beruhigte sich, der Albtraum war vorbei, ein neuer Tag war angebrochen. Woher kommen die Schreckensträume, fragte sich Cilly? „Das ist das Ergebnis deiner Krimisucht...", erklärte ihr Albert eines Tages. „Schmeiß den Dreck in die blaue Tonne, die für Pappe und Papier, da gehört er hin." „Ja, Albert, du hast Recht!" ‚Aber...', sagte sie sich.

Manchmal fragte sich Sophie was ist passiert, ist überhaupt was passiert? Gestern Abend. Sie hatte den Tisch abgeräumt, den Tisch, den jetzt eine Blumenvase ziert und am Morgen...?, ein roter Kuli liegt auf der Decke. ‚Woher kommt der Kuli? Das ist nicht meiner... Waren SIE in der Wohnung, in der Nacht? Ich glaub's nicht. Unglaublich, ich bin allein, keiner hört mich, wenn ich schreie.‘ Sie denkt an die Worte des Anwalts: „Lassen Sie sich nicht verunsichern, Verehrteste. Passen Sie auf, dass Sie nicht in den Dunstkreis der Verwirrung geraten, damit arbeiten DIE auch." Eines Tages verschwindet ihr Weißgoldring, ein Geschenk des Vaters. ‚Gestern Abend hab ich ihn in das Schälchen vor den Spiegel gelegt als ich nach Hause kam, ich bin sicher...‘ Am andern Morgen, die Schale ist leer. Sie sucht in der Küche, im Wohnzimmer, auf ihrem Schreibtisch, geht ins Bad, schaut in die Ecken. ‚Am Beckenrand findet sie ihn! Wieso, versteh nicht, ich hatte ihn doch...‘ Sie atmet tief durch, denkt nicht nach, ist besser.

Nach Geschäftsschluss geht sie in die Stadt, will relaxen, den Stress des Tages hinter sich lassen. Ein Mann taucht auf, benimmt sich auffällig. Läuft neben ihr, vor ihr, redet wirres Zeug. „Verschwinde Du Idiot", sagt sie laut. Er bleibt. Ihr graust. Sie läuft in ein Geschäft, einfach so und der Mann..?, steht gegenüber im Hauseingang und wartet. „Kann ich Ihnen helfen?", fragt die Verkäuferin. „Nein! Haben Sie noch einen andern Ausgang, ein Mann ist hinter mir her, ich werde verfolgt..?" Die Verkäuferin guckt mit großen Augen, verständnislos. „Kommen Sie." Sie benutzt die hintere Tür, ist wieder auf der Straße. ‚Endlich, er ist weg, hoffentlich.‘ Am Abend erzählt sie ihrem Bekannten die Story: „Mich hat heute jemand verfolgt, stell Dir vor, ein komischer Typ, ich hatte Angst." Der Mann blickt ins Leere, keine Reaktion, was ist los? ‚Es reicht, ich will nicht mehr.‘ Eines Tages ist Sophie weg, hat genug von alldem und dann seine Worte: „Jetzt quälen wir Dich mal ein bisschen, Du hast uns gequält." ‚Wieso, warum willst du mich quälen?, es gibt keinen Grund, ich habe dich nicht gequält, euch nicht...‘, denkt sie. Auf die Worte folgen Taten. Sascha erscheint, der rettende Engel. Er hat Ähnliches erlebt, sie hat keine Ahnung. Geteiltes Leid ist halbes Leid, ist besser zu ertragen!

Jahre zuvor hatte sie ihre Beziehung zu Sascha wieder mal gelöst. Zum x-ten Mal. Nichts Ungewöhnliches, unendliche Male hatten sie sich getrennt, seit Jahrzehnten lief das so. Eigentlich wollten sie heiraten, jetzt wo er eine Stelle hatte und Geld verdiente, endlich... Sophie merkte der treibt's in Hamburg und dann in Köln vor den Traualtar? Das passte nicht, sie stand selbst ihre Frau, war unabhängig. „Freust Du Dich auf unsere Hochzeit?", hatte Sascha sie am Telefon gefragt. „Nein!", hatte sie geantwortet. „Und damit Du es weißt, ich will Dich nicht mehr sehen, ich mache Schluss, hast Du verstanden?" Sie sollte seine Wäsche waschen, die Wäsche aus Hamburg, mit Sperma und Kot versehene Unterhosen, die Bände sprachen. ‚Es reicht, was bildest du dir ein, mir diese Slips vor die Maschine zu legen, ich glaub's nicht mehr und dann heiraten', sprach sie zu sich. Jetzt war wieder Schluss. „Das beste Versteck ist die Öffentlichkeit...", sie hatte seine Worte im Ohr. Der Mann, den seit Hamburg die Hybris befallen hatte, der sich ständig mit dem Taxi chauffieren ließ, der von einem sechshunderttausend Euro teuren Haus in Köln träumte, der endlich verdiente. „Mit der Sophia mach ich was mit, das ist eine...", Sascha war zu der Nachbarin gelaufen, der alten Juffer, hatte sich Gehör verschafft. „Bringen Sie Ihr Leben auf die Reihe, Ihren Haushalt und dann das Kind...", so Frau Ducke. „Was fällt Ihnen ein, so mit mir zu reden?" fauchte sie die Frau an. „Ihnen beiden gehört der Hintern versohlt." „Wie bitte?", Sophie blickte sprachlos. „Mami, Sascha war bei Frau Ducke und hat sich über Dich beschwert...", Sarah hatte gesprochen. Das nachbarschaftlich einst gute Verhältnis war betrübt. Wochen zogen ins Land, aus Hamburg war kein Ton zu hören, da ist Funkstille..., dachte Sophia.

Eines Abends stand Sascha vor ihrer Haustür. Er hatte Urlaub genommen, wollte die Dinge klären. „Wie, Sie heiraten nicht?", hatte sein Chef ihn in Hamburg gefragt. Sophie war daheim, sie hatte Besuch, reagierte nicht und Sarah schlief in ihrem Zimmer. Er gab nicht nach, klingelte immer wieder: „Mach auf Sophia, ich weiß, dass Du da bist." Keine Reaktion. Er rappelte an der Tür, trat gegen die Tür, schrie: „Mach auf!" Die Tür sprang aus dem Schloss. Er stand im Flur und Sarah kam im Nachthemd aus ihrem Zimmer: „Was ist los, Mami?" ...und dann ihr Bekannter. „Was will der Mann hier?", fragte Sascha vorwurfsvoll. „Das geht dich nichts an, verschwinde." „Doch, das geht mich was an, wir sind verlobt..." „Wie bitte?", fragte sie. Er nahm seine Brille ab, zerrte Sophie ins Schlafzimmer, warf sie aufs Bett, keifte rum: „Du verdammtes Weib, ich zeig's Dir..." Sie roch seinen Atem, er hatte getrunken. Endlich ließ er von ihr ab, ging in den Flur, riss die Telefonleitung aus der Wand, nahm seine teure Armbanduhr, die ihm Sophie zu Weihnachten geschenkt hatte, warf sie auf den Steinboden und zertrat sie. Plötzlich schlug er wild auf ihren sprachlosen Bekannten ein, der zu Boden fiel, aufstand und sich in einer Kammer verschanzte: „Du hast mir meine Frau genommen, du Schwein, du dreckiger Hurensohn...", schrie er. Sascha hatte den Verstand verloren. Die Nachbarn alarmierten die Polizei. Als die Beamten kamen, war ihr Ex verschwunden, hatte Chaos hinterlassen. Ein weinendes Kind, eine verschreckte Frau und Sophies Bekannter. „Wir wurden von den Leuten nebenan gerufen, was ist passiert?" Sie stotterte: „Mein ehemaliger Freund war da wie Sie sehen können.., komme morgen auf die Wache und erstatte Anzeige." Die Polizisten sahen nach der Haustür: „Die ist nicht mehr zu schließen, die muss repariert werden und was ist, wenn der Mann zurückkommt?" „Mami, ich hab Angst...", so das Töchterchen. „Wir übernachten beim Dottore, wenn wir dürfen und morgen ist wieder alles in Ordnung, verstehst du Sarah?" Die Beamten verschwanden. Der Abend war gelaufen, die Haustür demoliert, das Telefon tot, Chaos. Mutter und Tochter lebten auf dem Land, um sie herum geordnete Verhältnisse, Einfamilienhäuser mit Vater, Mutter und Kind. „Sie passen nicht hier hin", musste sich Sophia eines Tages von der alten Jungfrau sagen lassen, ziehen Sie wieder in die Stadt..." „Das geht Sie nichts an", antwortete sie. „Ja, ja, der Herr Masur war auch so einer, wer bei dem schon wohnt."

Nach Büroschluss am nächsten Tag ging Sophie zur Polizei, erstattete Anzeige. ‚Jetzt ist endgültig Schluss mit dir, du bist in Hamburg und ich in Köln, wir sind weit genug auseinander‘, sagte sie sich. Sascha, der keine Ruhe gab, klagte bei Gericht gegen Sophia, Begründung: Ein vor Wochen gekaufter Bademantel, der gemeinsame Brasilien-Urlaub im Winter, es ging um Geld. „Gehen Sie raus und besinnen Sie sich, wenn Sie jetzt nicht endlich zur Vernunft kommen, Herr Trauthmann, in der nächsten Instanz sind Sie wieder bei mir“, der Richter hatte gesprochen. „Ich wollte Dich doch wiedersehen, deshalb hab ich das gemacht.“ Ein neues Kapitel wurde aufgeschlagen.

Der Dottore

Die Zeit mit Signore X war gekommen. Mutter und Tochter hatten die Nacht in seinem Haus verbracht. „Das ist mir alles so peinlich, entschuldige bitte", stammelte Sophie immer wieder. X verstand. „Wie heißt der Mann?", fragte er. „Sascha Trauthmann". Am Tag arbeitete der Signore in seiner Praxis und am Abend...? Sophia wusste nicht recht. Der Mann war interessant, aber wesentlich älter. Er hatte was, aber was? Im Restaurant hatte sie gesagt: „Du hast sicher einen Freund..." Die Worte verschlugen ihm die Sprache. „So was habe ich noch nicht gehört, das hat mir noch keiner gesagt", war seine Antwort. Sei's drum, dachte sie. Ein Woche hörten sie nichts voneinander. ,Der hat dir das übel genommen, wir leben doch im zwanzigsten Jahrhundert', sprach sie zu sich. Sie kannte mittlerweile einige Homos, manche fanden sich mit ihrer Situation zurecht, andere nicht. Kurze Zeit später gingen sie wieder Essen. „Meine langjährige Freundin hat mich verlassen, wir waren zwölf Jahre zusammen, sie möchte selbständig sein, wie die heutigen Frauen so sind." „Die war sicher jünger?" „Ja, war sie, ungefähr so alt wie du." Sophie verstand. Und das mit dem Freund?, hätte sie gerne gefragt. Sie hielt den Mund. Signore X und sein Freund hatten den gleichen Beruf. Beide arbeiteten in ihrer Praxis und trafen sich in der Mittagspause. Seine Ex war im Job, kam gegen Abend. Wie Sophia hätte sie fragen müssen, warum ein gut situierter Mann wie der Dottore nicht verheiratet ist, keine Kinder hat. Er war ihr väterlicher Freund, ein Mann, der einer jungen Frau mit Rat und Tat zur Seite stand, sie verwöhnte. Schnelle Autos, exotische Reisen, ein angenehmes Leben. „Hat die Frau keine Bedürfnisse?", fragte sie. „Das erledigt die ab und an in der Stadt, ne schnelle Nummer...", so ein Bekannter des Signore. Alle waren zufrieden, keiner fragte bis der Tag kam, die junge Frau den Mann verließ und die nächste am Horizont erschien.

Signore X und Sophia trafen sich jetzt öfter. Der Signore hatte eine neue Begleiterin und Sophie einen neuen Freund, einen väterlichen. Eine andere Welt öffnete sich wie sich so einiges offenbarte, wovon sie bisher nur gehört hatte. Meist verabredeten sie sich zum Essen in einem gut bürgerlichen Lokal. Ab und an besuchten sie das Spielcasino. „Kann ich auch mal Dein Haus und die Praxis sehen oder steht da noch ein Koffer?" fragte sie nach einem halben Jahr. Sie war neugierig geworden. Am gleichen Abend zeigte der Signore Sophie das Haus, in dem er wohnte und arbeitete. Im Keller war eine Bar. „Willkommen in meinen Vierwänden.." Sie prosteten sich zu. „Und wo wohnst du?" „Ich wohne auf der ersten Etage, das zeige ich dir gleich." Die Nacht dauerte etwas länger. Signore X verstand etwas von Frauen, ‚wenn nicht der Signore, welcher Mann dann?', fragte sie sich. ER war nett, lieb wie konnte er nur, später...? Die verabredeten Abende im Wirtshaus wurden kürzer, die Nächte im Keller länger. Auf dem Tresen seiner Bar stand ein buntes Lichtspiel, es erhellte den schummrigen Raum. Sie schaute die sich verändernden Figuren und verlor sich in ihren Träumen. „Magst Du Rotkäppchensekt?" Sie nickte und nuckelte an dem rosefarbenen Geprickel in ihrem Glas. „Ein Dosenöffner ist das." Sie hatte verstanden. Zu später Stunde zog er sie auf die schwarze Couch. Der Signore wurde zärtlich. Ein wöchentliches Ritual, welches in den Räumen der ersten Etage endete.

„Das ist aber ein großer Keller.." „Komm ich zeig Dir die Räume, hier ist ein Raum, da stehen die Vorräte und neben an?" „Wieso hängen denn die Porträts Deiner Ex hier an der Wand?, verstehe nicht, andere hängen die sich ins Schlafzimmer." „Ja, ja.."

Das Wochenende stand vor der Tür. Sophie hatte sich für siebzehn Uhr mit dem Signore verabredet. Sie schellte an seiner Tür, der Mann öffnete. „Komm rauf, ich hab Schweineöhrchen gekauft und Kaffee gekocht." Sie hatte sich für den heutigen Abend im Casino mit einem roten Kostüm gestylt. „Wie findest Du das?", er drückte ihr ein Sado/Maso-Heft in die Hand. Sie zuckte mit den Schultern, so etwas hatte ihr noch keiner gezeigt. Sie erblickte nackte in Leder und mit Masken verkleidete Männer, die eine Peitsche in der Hand hielten. Ihr gruselte. ‚Schlagen die sich etwa?', fragte sie sich. „Das macht an...", hörte sie den Signore sagen. „Soll ich Dir ein Gummikleidchen besorgen?" „Mach mal", war ihre Antwort. X gab Sophie ein Buch über Marquis de Sade. Sie las: „Von schamlosen, sexuellen Ausschweifungen, obszönen Orgien und erschreckenden Grausamkeiten, die die Werke des D.A.F.de Sade prägen. Er bricht Tabus und zeigt auf, welch tiefe Abgründe in der menschlichen Seele lauern.. (Marquis de Sade)." ‚Das passt!', dachte Sophie.

Gegen zwanzig Uhr fuhren sie ins Casino. Ein gut gekleideter, älterer Herr mit seiner attraktiven Freundin, vermuteten die Casinogäste, die sie von der Seite bestaunten. Ein ungewöhnliches Paar. Signore X und Sophie fielen auf. ‚Vater und Tochter?, ein Protegé mit seiner Muse?', Sophie las ihre Gedanken. „Faitez vos jeux", hörte sie den Croupier sagen. Plötzlich stand ein Mann neben dem Signore, mittleren Alters, gutaussehend, er flirtete mit Sophie. Sie lächelte zurück: ‚Wer ist das?', fragte sie sich. Der Dottore schien nichts zu merken. Gegen Mitternacht verließen sie das Casino. Sophie übernachtete bei ihrem Bekannten. Am Mittag standen sie auf und frühstückten. „Möchtest Du mal Fotos sehen, von mir, von früher?" Er holte ein Album. „Das ist die Uni und da sind meine Kommilitonen, mit denen ich während des Studiums zusammen war." „Und wer ist das?", fragte sie: „Das ist doch der Mann von gestern Abend, der am Roulettetisch neben Dir stand, Dein Freund?" „Jetzt brauch ich einen Schnaps…", der Signore verschwand im Keller.

‚Was ist das, was hab ich an meinen Füßen, was juckt da?', fragte sie sich. Seit ein paar Tagen beobachtete sie wie sich kleine Blasen entwickelten, die alle schrecklich juckten. Ihr linker Fuß war über und über mit Blasen versehen. ‚Woher? Vor zwei Nächten habe ich beim Dottore geschlafen, aber der und Fußpilz?, das glaube ich nicht, der ist Arzt, der achtet auf Hygiene, das muss er in seinem Job. Wer weiß schon, wer bei ihm ein- und ausgeht, vielleicht Männer mit Fußpilz, sein Freund? Das war's, daher kam der Pilz', dachte sie. „Mein linker Fuß ist voll mit Blasen, woher kommen die?", fragte sie X ein paar Tage später. „Das ist Fußpilz, nicht schlimm, nimm Calendula-Creme, die hilft." Sie schaute ihn fragend von der Seite an, keine Reaktion. ‚In vier Tagen geht's nach Lyon. Sarah kommt morgen', sprach sie zu sich. Heute wollte sie ins Fitnesscenter. „Hab mir meine Augen auf der Sonnenbank verbrannt, bin eingeschlafen, als ich aufwachte, hab ich in die Röhren geschaut. Jetzt sehe ich um jedes Licht einen Regenbogen, alles ist dunkel und verschwommen, hab Angst, hoffentlich ist das morgen wieder weg?" „Wird schon...", war seine Antwort. Von Lyon aus ging's in die Schweiz nach Davos, eine wunderschöne Fahrt mit dem Zug. Sophie bewunderte schneebedeckte Hügel, die sich nach und nach in ein gewaltiges Bergmassiv verwandelten. ‚Komisch der Typ, der da sitzt, direkt gegenüber, das Abteil ist leer. Jetzt fasst er sich auch noch an seine Hose.' Sie geht in den Speisewagen, bestellt Käsekuchen, eine Tasse heiße Schokolade mit Schlagobers, das ist's, sie genießt. Sie geht zurück, der Mann sitzt immer noch auf dem Platz. Ihr wird anders. Endlich, „Davos-Markt..", sagt der Schaffner. Sie steigt aus, wird von ihrem Bekannten abgeholt, ‚die Welt ist wieder in Ordnung', denkt sie.

Der Winter war dem Frühling gewichen, langsam stiegen die Temperaturen. Sophie war bei X zu Besuch, sie wollten mit seinem Flitzer ins Grüne, Fotos machen. Sophie im engen, roten Stretchkleid, hohe Schuhe und sexy Posen. Der Signore war aus dem Haus und sie hatte noch etwas zu besorgen. Als sie die Straße betrat, sah sie den Dottore mit einem großen jungen Mann, der einen schwarzen Anzug trug. ‚Der Typ sieht gut aus', dachte sie. Er lachte mit X, der ihm wohlwollend zunickte. „Woher kennst du den denn?" „Das ist ein Patient, der kommt ab und an in meine Praxis." ‚Solche Typen kommen auch?', fragte sie sich. ‚X hat als Arzt einen guten Ruf und wird über die Grenzen Kölns bekannt sein. So wie der ausschaut, könnte er Zuhälter sein. Aber... der Dottore und Zuhälter?', sie verwarf den Gedanken, dachte an die zweifelhaften Krimis, die sie abends sah. Nicht nur gut aussehende Typen besuchten die Praxis des Signore, ein Stammtisch-Bruder, dick und fett, zitterte wie Espenlaub, wenn er auf dem Stuhl saß: „Tut's jetzt weh?"

Nach Geschäftsschluss spazierte sie abends mit ihrem Hundchen am Rhein, relaxte auf einer Bank und erholte sich von den Mühen des Tages. Nachdenklich blickte sie in den Himmel und beobachtete in der Ferne die Wolken. Langsam wurde es dunkel. „Darf ich Platz nehmen?", hörte sie. „Bitte." Ein älterer Herr setzte sich auf die Bank. Sophie hatte den Mann schon mal gesehen. Sie überlegte, in der Piano-Bar, mittwochs beim Salsa, in der Stadt? „Diese Jahreszeit muss man nutzen, ich bin immer unterwegs. Die frische Luft tut mir gut. In meiner kleinen Wohnung halte ich es nicht aus, die kann ich auch keinem zeigen." Sie schaute verwundert. „Mein Bruder, der ist anders, der ist auch verheiratet, ich nicht, bei dem ist alles normal, ich bin der Sonderling der Familie und auch bei Familienfesten bin ich immer froh, wenn's vorbei ist, na, ja.., und das ist auch noch mein Zwillingsbruder." „Wo wohnen Sie denn?" fragte Sophia. „Ich wohne in Deusdorf." „Dann kennen Sie auch die Praxis des Dr.Paschewski?" „Ja, die kenne ich. Ein guter Arzt, wie ich gehört habe nur, der ist nie da, in der Praxis ist immer der Assistent. Ich wollte schon zweimal Mal zu ihm. Ich will zum Arzt und nicht zum Assistent." „Verstehe." Das Gespräch war beendet. „Wünsche Ihnen einen angenehmen Abend", sagte sie, stand auf und zog mit Karolinchen davon. Jahre später traf sie ihn wieder, irgendwo am Rhein. Der Mann war mit seiner Kamera unterwegs: „Entschuldigen Sie bitte Madame, darf ich Ihren Hund knipsen, eine seltene Rasse, ich kenne mich aus." Die ältere Dame war angenehm überrascht und lächelte freundlich. „Sascha, das ist eine Demjet, von dem Vieh was und von einem andern, ein Straßenköter, kaum zu glauben, der nimmt die Frau auf den Arm. Das ist ein Angestellter von IHNEN und ich dachte, der sei schon in Rente oder verstorben. Komm, lass uns den Kaffee bezahlen und weiterfahren, gleich hat der uns vor der Linse."

Sie stiegen aufs Fahrrad, fuhren den Rhein entlang, bogen rechts ab zur Ahr. „Hier ist ne Bank, komm wir legen ein weiteres Päus'chen ein. Komisch, mir wird wieder so warm, sag bloß nicht, dass DIE jetzt da waren..." „Doch waren SIE." „Und das in der Pampa, man lässt DER die laufen, DIE bekommen für solche Aktionen sicher eine Prämie, nicht wahr Sascha?..."

„Hast Du Lust mit einem Patienten und mir am Freitagabend Essen zu gehen, den Mann kenne ich schon viele Jahre, er hat sich jetzt ein neues Jacket-Kronen-Gebiss anfertigen lassen", fragte der Dottore sie eines Tages. „Ist in Ordnung, machen wir." Gegen zwanzig Uhr waren der Signore und Sophie mit dem Mann in einem Restaurant am Stadthaus verabredet. ‚Den kenne ich', dachte sie, als sie ihn trafen, ‚das ist der Besitzer der altmodischen Disco, der begrüßt jeden an der Tür persönlich, die Frauen mit einem Likör, die Männer mit einem Schnaps. Der Typ war zeitlebens schon eine Legende, onduliertes Haar, Zahnpasta-Lächeln, eine weiße Nelke im Knopfloch und sicher gut und gerne zwanzig Jahre älter als der Dottore.' „Darf ich vorstellen, Frau Schwarzenbach / Herr Wüpper", sagte ihr Bekannter. Der Mann lächelte vielversprechend, er hatte allen Grund zu lachen, ihm gehörte das Viertel rund ums Stadthaus mit den dort ansässigen Kneipen. „Ich musste damals verkaufen als sie diesen Turm hier bauten. Heute lebe ich mit meinem Sohn aus erster Ehe und meiner Tochter aus dritter Ehe in den Häusern auf der andern Seite. Meine Tochter, die macht mir viel Freude, die ist vierzehn, die hab ich auf der Insel im Rhein bei den Nonnen untergebracht, die lernt dort kochen und stricken und mein Sohn, na ja.., Sie wissen Bescheid, Herr Paschewski." Der nickte verständnisvoll. Als der Kellner ihnen das Essen brachte, dachte Sophie wieder: ‚Und den kenne ich auch, das ist doch der Typ aus der Travestie-Show, klar, der wohnt und arbeitet hier. „Der Mann ist Ungar", hörte sie Herrn Wüpper sagen, „der macht da abends bei dem Ringelreihen mit." Sie blickte erstaunt, sie befand sich inmitten des Milieus als sie sich an die Worte des Dottores erinnerte: ‚Meine ersten Patienten waren aus der Szene, die eine wollte nicht zahlen, der bin ich bis nach Luxemburg nachgefahren, ich hab mein Geld bekommen.' „Sie möchten sicher auch mein Anwesen kennenlernen", sagte Herr Wüpper plötzlich: „Moment, ich werde es Ihnen gleich zeigen. Schreib alles auf, Timor, Du weißt ja Bescheid." Sie waren wieder auf der Straße als der Mann eine ausladende Armbewegung machte: „Das alles hier ist mein sowohl auf der rechten als auf der linken Seite und jetzt gehen wir in das Haus, in dem ich wohne. Das ist das Zimmer meiner Tochter, die ist zu Hause, die schläft, die hat Ferien und... an der war noch keiner dran!" Sophia schaute den Dottore mit großen Augen an. Als sie wieder auf der Straße waren, fragte sie ihn: „War der Herr Wüpper früher Bordellbesitzer?"

Dieses Wochenende wollten sie mit dem Boot zur Lahn. Sophias Mutter war auch gekommen, die immer dann erschien, wenn es interessant wurde. Die Frau, die satt war, die genug von allem hatte, von Geld... Ein Bootserlebnis fehlte in ihrem Schatzkästchen. Punkt drei stand sie am Schiffchen im kleinen Hafen. Sie hatte einen Kuchen gebacken: „Für heute Nachmittag zum Kaffee." Die Fahrt ging los. Gegen Abend waren sie an der Lahn und besuchten das Wirtshaus im Ort. „Wo ist denn die Hedi, die tanzte doch eben noch?", fragte die Tochter. Die Mutter war wie vom Erdboden verschwunden. Plötzlich stand sie am Tisch, rückte ihren Rock zurecht. „Den werde ich im Leben nicht mehr wieder sehen, das sind Holländer, morgen fahren die mit dem Bus nach Hause..." ‚Wie bitte?, was hatte sie gesagt, wo war sie?', dachte Sophie. Die Frau war mit ihm auf der Toilette verschwunden. Die Mutter Ende sechzig, der Mann in den Vierzigern. Die Tochter schluckte.

„Heiße Hedi", „Ich Pedro." Sie prosteten sich zu, sie verstanden sich, sie verstanden sich so gut dass, wie Sophie nach Jahren erfuhr, die Mutter bei seinen teuflischen Spielchen mit von der Partie war. Jahrelang hatten Mutter und Tochter keinen Kontakt. An einem Sommernachmittag waren Sascha und Sophie bei ihr zu Gast. „Ob Tochter Sylvia meine Schwester besucht oder nicht.., kommt sie, ist es gut, kommt sie nicht, ist es auch gut." ‚Du brauchst nicht weiter zu reden', dachte die Tochter. Sie saßen zu dritt an der Kaffeetafel, Sophies Nase brannte. Hatte die Mutter gespritzt, die eigene Mutter? „Kann ich Ihre Toilette aufsuchen?" fragte Sascha. „Ich bringe Sie." Die Frau erschien wieder im Wohnzimmer. „Ich schau mal nach Sascha, der kennt sich doch hier nicht aus." „Lass den mal." Sophia wollte aus dem Zimmer gehen als sich Hedi ihr in den Weg stellte. „Das geht nicht, du kannst jetzt nicht raus.." „Wieso?" Keine Antwort. Gedanken schossen ihr durch den Kopf. ‚Die Zuhälter mit dem Fettkloß, auf der Besuchertoilette im Haus ihrer Mutter?.., die Frau hatte sie rein gelassen?' Als Sascha wieder erschien sagte Sophie: „Komm wir gehen, das hier ist nichts für dich." Die Mutter schaute mit großen Augen. Sascha und Sophie waren schon aus der Tür als ihr Mann loslegte: „Sie waren da, die Zuhälter mit der Drecksau. Ich bin mit der auf die Toilette und die mit dem Dildo.., scheiß Befehlsautomatie."

Drei Monate später war Hedwig tot. Hatte sie den Mund aufgemacht?, ihre Schwester eingeweiht, die nach ihrem Tod sagte: „Die war zum Schluss doch nicht mehr ganz richtig im Kopf, zeitlebens herrschsüchtig und selbstherrlich." „Die hat den Teufel im Leib..", hatte die Leibliche gesagt. „Wie kann man nur?, sag mal Sascha und dann über die eigene..., ich fass es nicht!" Dreizehn Kinder, ein Hof und ein paar hundert Morgen Land irgendwo in Westfalen, in der Einsamkeit, da wo Has und Igl sich gut Nacht sagen. In der Familie waren Kinder, die außerehelich gezeugt wurden, nicht erwünscht. Im späteren Leben traf sie auf eine leibliche Cousine, der Ähnliches wie Sophie widerfahren war, sie wurde ebenfalls ausserhäusig erzogen. Und dann die Doppelmoral...

Signore X hatte bei ihren Treffen von seinen Reisen in den Fernen Osten erzählt und Sophie neugierig gemacht. „Dort fährt man mit einem leeren Koffer hin und kommt mit einem vollen zurück." „Wie das?", fragte sie. „Die Kleider sind in Thailand recht günstig. Ich habe mir bei einem Schneider für hundert Euro einen dunkelroten Anzug anfertigen lassen. Morgens suchte ich den Stoff aus, abends war der Anzug fertig. Und... luxuriöse Hotels verwöhnen die Gäste, das alles zu einem günstigen Preis. Hast du Lust mal mitzukommen?" „Hab ich." Sie dachte an die Armut, die in diesen Ländern herrscht. Am zweiten Weihnachtstag war's soweit, sie standen auf dem Frankfurter Flughafen, warteten auf den Flieger nach Bangkok. „Komm weg hier, ich will die nicht sehen", sagte ihr Bekannter plötzlich. Sophia hatte an einem Schalter zwei Frauen mit Jugendlichen erblickt, die den Dottore gesehen hatten und in schallendes Gelächter ausbrachen. ‚Was wollen die denn hier?', fragte sie sich. ‚Warum konnten sie nicht mal alleine fahren? Jetzt ist Bangkok angesagt, weg von all den komischen Leuten, die X kennt...' Ein Flieger der Lauda-Air brachte sie in das fernöstliche Venedig, in die Stadt der Engel. Heiß-feuchte Luftschwaden verschlugen ihr den Atem, als sie aus der Flughalle trat. Sophie entblätterte sich und trug ihren Wintermantel auf dem Arm. Ein Taxi brachte sie ins Hotel Sukhothai, ein Hotel der Luxusklasse. Ein freundlicher Thai, der: „Your are welcome, you are...", säuselte, brachte sie in ihre kleine Suite. Sie relaxten, packten die Koffer aus als Sophie von einer Lebenslust überfallen wurde: „Ich möchte die fernöstliche Welt erleben, get up boy...", sagte sie zu ihrem älteren Bekannten. Gestärkt mit einem Thai-Hühnchen auf

Rosenblättern, fuhr ein Tuk Tuk sie nach Patpong, dem Rotlichtparadies von Bangkok.

Es war dunkel als sie die Straße der Freude erreichten. Aufblitzende Lichter und lautstarke Musik war aus den Höhlen der Lust zu hören. Eine Bar reihte sich an der anderen, schreiende Händler standen an der Ecke, die Blusen, Schmuck und Uhren mit Labels von Cartier, Channel, Dior, verkauften. „Komm mit." Sophie zog X in eine schummrige Kneipe. Eine vollbusige Thai schwang sich an einer Chromstange, ihre Brüste wippten, starrende Amerikaner saßen auf alten Holzbänken, tranken Bier aus Flaschen. „Let's do it", hörte sie jemand sagen. Die Zeit verging im Flug, schon waren sie wieder auf der schlammigen Straße, Mitternacht war vorbei als sie einen Massagesalon entdeckte. „Willst Du...? Ich habe Lust... Komm hier rein." Das Thai-Fieber hatte sie gepackt. Sie liefen getrennt, Sophie for girls, X for boys. Wohltuende Yasmin-Gerüche verwöhnten ihr Näschen. Sie legte sich auf eine Liege, die mitten im Salon stand, als eine zierliche Thaifrau den Raum betrat und sich über sie beugte. Sophie stöhnte, ihr war nach zarten Händen zumute, die sie in eine andere Welt versetzten. ‚One night in Bangkok,' klang es in ihrem Kopf. Gegen Morgen brachte sie ein Taxi zurück ins Hotel. Ein Traum war beendet.

Sophia war fasziniert. Bangkok war chaotisch, exotisch, anziehend, hatte was. Anderntags zeigte der Signore ihr die Goldene Stadt, die Tempel, die Paläste. Pures Gold war zu sehen, ‚don't touch', las sie. Sie wollte anfassen, fühlen, wie pures Gold ist. ‚No'. Am Nachmittag besuchten sie einen Elefantenpark, ihre Lieblingstiere.., und langsam wurde es schon wieder dunkel, ein weiterer Tag in Thailand ging zu Ende. Am nächsten Morgen suchte sie ihre Schuhe. „Meine Schuhe sind weg? Die hat ein Thai mitgenommen", das war die Erklärung. X zuckte die Schulter. „Größe vierzig?, die haben doch Größe fünfunddreißig/ sechsunddreißig, sag mal?" Der Signore wusste auch nicht. Anderntags standen sie wieder da. „Klar, die hat die Concierge wieder hingestellt?" Was sollte das?

„Heute Abend möchte ich mal für ‚girls'. Gibt es so was?" „Vielleicht?", war seine Antwort. Am Abend setzten sie sich in ein Taxi. „For girls, please." Der Fahrer guckte verdutzt und stammelte: "No, there is no girls, ‚for men, yes, is ok?" „Ok." Der Mann fuhr sie in eine Kaschemme, irgendwo in einen Hinterhof von Bangkok, einsam und verlassen, gespenstisch, am Rande der Stadt gelegen. Er klopfte an die Tür, ein Thai öffnete, der Taxifahrer sprach mit dem Mann, der Sophie musterte. Eine Frau in der Homowelt, sie durfte eintreten. Dicke Rauchschwaden, dichtes Gedränge und eine Bühne in der hintersten Ecke. Männer trieben's mit gays. Einer schrie: „He's comming…"

„Morgen Abend ist Sylvester, wie wär's mit einem Ausflug nach Pattaya, die Stadt liegt am Meer?" Der Signore hatte Sophia gefragt. „Gerne", war ihre Antwort. Anderntags fuhren sie mit dem Auto zum Busbahnhof, wenig später saßen sie in einem alten, Menschen überfüllten Gefährt, welches sie nach Pattaya brachte. Ein klappriges Motorboot fuhr sie auf eine wunderschöne Insel im Golf von Thailand gelegen. „Lass uns wieder zurück sein, bevor es dunkel wird." Zu später Stunde waren sie im Hotel. „The bar is downstairs, if you would like to have a drink, the girls too", ein Thai-boy hatte es ihnen erklärt. "Komm, heute ist Sylvester, lass uns runtergehen", das Thai-Fieber… Der Lift brachte sie in den Keller. Sie staunte, traute ihren Augen nicht, hinter einer Glasscheibe saßen fünfzig junge Frau, die eine Nummer um den Hals trugen, sie waren zu kaufen, für eine Stunde, für länger. ‚Welche?'

Zwei Tage später brachte sie der Flieger zurück. ‚Es war einmal… Ein Märchen in Thailand war beendet'. Der Dottore und Sophie saßen im Zug von Frankfurt nach Köln. ‚Was stinkt hier so', fragte sie plötzlich. Sie drehte den Kopf, drei Reihen weiter saß ein Paar. Ob die etwa? Sie glaubte nicht. Die beiden standen auf und verließen das Abteil. Empört hatten sie sich umgedreht. Es stank immer noch. Ein penetranter Geruch nach Scheiße. Jetzt waren sie allein. Das kann doch nicht wahr sein, ob der Signore etwa? ‚Warum?', fragte sie sich.

Wieder in der Heimat, widmeten sie sich ihren Geschäften, der Signore seiner Praxis und Sophie ihrer leidlichen Boutique. Eines Abends erzählte er ihr: „Demnächst ziehe ich um. Ich habe mir oberhalb meiner Praxis am Berghang, einen Traum verwirklicht, ein neues Haus." Tage später zeigte der Dottore ihr sein Heim. „Ist das schön...", sagte sie, „und einen Wahnsinnsblick hast du ins Tal. Ein solides Haus, genauso bescheiden wie du daher kommst." Der Signore kam in der Tat bescheiden daher, so dass Sophie sich fragte, wo kauft der Mann ein, im Secondhandshop der Heilsarmee? Dabei hatte er doch, das erfuhr sie Jahre später, er hatte mehr wie genug. Als Arzt war er stets gut angezogen, ganz in weiß, enge Stretchhosen und ein weißes Hemd kleideten ihn perfekt. Aber privat...? „In einem Monat hab ich Geburtstag, kannst du mir meine Geburtstagsfeier ausrichten? Das soll gleichzeitig die Einweihungsfeier für mein neues Haus sein. Meine Stammtischbrüder kommen." Bei einer Brauerei bestellte sie Bier und Snacks wie Tisch und Stühle. Der Tag war gekommen, ein schöner Frühsommertag, die Sonne lachte vom blauen Himmel. Gegen Mittag erschienen Signore Y, Signore Z in Begleitung sowie Kollegen. Die Feier wurde ein Erfolg. Signore Z sprach zu Sophie: „Den X kannst du nicht verlassen, jetzt wo du eine erfolgreiche Boutique hast, das verkraftet der nicht." „Ich weiß", hatte sie geantwortet. Wie die Signori X, Y, Z zueinander standen, konnte sie nur vermuten, Gewissheit würde sie nie erhalten. Von jetzt ab lebte der Signore in seinem Haus am Hang. Morgens in der Früh fuhr er mit seinem bulligen, roten Toyota ins Tal, seine Praxis öffnete um neun. Patienten warteten vor seinem Tor, denen seine tüchtige Kraft, Frau Krähenfuß, die Praxistür öffnete und sagte: „Der Dottore ist im Anmarsch." Der Mann hatte schon vielen im Leben geholfen, die Patienten von Schmerz und Pein befreit und manchmal auch von einer dicken Backe. Das war die eine Seite des Dottore, er hatte noch eine zweite. Eigentlich hatte er unendlich viele Gesichter, die allesamt in einer schillernden Persönlichkeit gipfelten, kaum glaubhaft, aber wahr.

„Muss endlich mal wieder meine Mutter besuchen, werde kommenden Samstag fahren", so Sophie eines Abends. Der Dottore nickte, er war kein Mann der vielen Worte, er tat und machte. Wie sie Tage später erfuhr, war X abends ebenfalls auf Tour, er war der Einladung einer Bekannten gefolgt, die er sich zeitlebens vom Hals gehalten hatte. Die Frau hatte zur Kneipeneröffnung im Kölner Südstadtviertel eingeladen. „Wir hatten eine herzige Unterhaltung", ließ er Sophie wissen. Der Mann stach in ein Wespennest. Jetzt hatte er sie am Hals und vertrieb andere. „Sorg dafür, dass ich die wieder los werde..." ‚Wie soll ich', dachte Sophia, ‚das ist dein Problem.' Eine schreckliche Frau, die mit den Worten jonglierte: „Du, mein Liebchen...", und den Song drauf hatte: „Komm auf die Schaukel, Luise..." „Das durfte die nie erfahren, dass ich einen Freund habe, das war ein Fehler!" Signore X seufzte schwer. Von jetzt an wollte sie dabei sein. „Ist denn hier auch eine Kirmes, wo die hinkann?", so der Dottore. Sie waren im Allgäu, besuchten die Pflegemutter. ‚Dafür reicht's...', dachte Sophie. ‚Und ich... ich hab die Schnauze voll!'

Jahre später versuchte sie sich als Autorin. Ihr Zitat: „Was du nicht willst, das man dir tut, das füg auch keinem andern zu..." „AuA.."

Es sollte schlimmer kommen. Sophie lockerte die Beziehung zu X. Das war alles schön und nett, aber... Sie wusste nicht so richtig. „Würde mich freuen, wenn du bleibst", so der Dottore. „Was willst du denn mit dem, der belügt die Frauen, das hast du nicht nötig, schau mal in den Spiegel", so eine Bekannte. Er hatte Sophia das Haus am Hang vermacht dann, wenn er mal tot sei.., die Urkunde lag bei Gericht. „Wenn man eines Tages ein Erbe antritt, muss man auch mal danach schauen", sagte der Signore. „Du hast recht, aber ich möchte dieses Haus nicht mehr, ich danke dir." Er blickte fassungslos, das gab es also auch... Für Sophie begann ein neuer Lebensabschnitt, ein schwieriger. Sie lebte wieder in ihrer Wohnung. Von nun an traf sie potenzierte Bösartigkeit. Die Kneipenfrau und der X hatten sich zusammengetan, im normalen Leben wollte er sie nicht. In dem Punkt waren sie sich einig. ER saß vor seinem Schachbrett: ‚Ich muss nachdenken, neu aufstellen, da ist die Bäuerin, die kann ich gebrauchen, die passt, die macht, was ich will, die ist geldgeil.' „Die fragt im Dorf die Männer in der Wirtschaft: ‚Gibst Du mir ein Bier aus'...", so eine

Kundin zu Sophie, die den Kopf schüttelte, das hatte sie noch nicht gehört. Nach Sophia kam eine und noch eine und noch eine.., die Kneipenfrau blieb ihm erhalten, die wollte keiner. ‚Was macht der Dottore mit den Menschen, mit den Frauen?‘, fragte sich Sophie. „Ich hab's ihm schon so oft gesagt, so kannst du mit den Frauen nicht umgehen!", antwortete Signore Z. ‚Was für ein Mensch ist der Dottore? Ein Frauenhasser, ein Sadist, ein Möchte-gern/Kann-nicht?‘ Sie sollte es erfahren.

Sophie hatte die Worte von X im Kopf: ‚Wenn's dem Esel zu wohl ist, geht er aufs Eis.‘ Das war der Grund, warum es nicht geklappt hatte. Der ältere Mann bekam nicht genug: „Dem kann's nicht verrückt genug sein, der kann nicht anders", so ihr Mann. Und dann Sophies Jugend, auf einmal war Sascha da, interessante Menschen, dem Signore hatte das gefehlt. Das teuflische Saatgut ging auf, gipfelte in ‚Erlebtem Wahnsinn‘. Der Grund, warum die Sache eskalierte. Und das unendlich viele Geld, die Möglichkeiten, die er hatte. Das hatte einer, der Boss einer Organisation war, einer, der nicht mitmischte, der Entscheidungen traf, die Geld brachten. Sophie und Sascha waren seine Puppen, er ließ sie tanzen, der Signore zog die Strippen. Möglich mittels Nanosystem, pharmazeutischen Mitteln, technischem Know-How, Zuhältern, Nutten und Adlaten. Sie gingen in die Familie, in die von Sascha, in die von Sophie, zu ihren Freunden, Wahres wurde mit Lügen vermischt, wie SIE es brauchten: ‚Sascha ist sexsüchtig, der läuft mehrmals am Tag ins Café und Sophia schluckt Beruhigungspillen, die hält das nicht aus, eine teuflische Beziehung, sie müssen getrennt werden. Wie? Der Typ mit dem Kloß ist als Cock zu gebrauchen, mit denen mach ich ne Serie „Ekel" und die Frau, die kann denken, die brauch ich für meinen Laden...‘, SEINE Gedanken. Bis zur kleinsten Faser, bis zum Atom hin wurde Sophies Leben durchleuchtet. Alte Freunde, alte Bekannte liefen ihr über den Weg, Typen, die sie schon vergessen hatte. „Sascha, sprich, was sagen SIE denen?", fragte sie ihren Mann. „Wenn Ihr Eure Ex noch mal sehen möchtet, die ist heute in der Stadt...", vielleicht so.

Den Fettkloß hatten sie zu Frau Trauthmann chauffiert. „Das ist Ihre Enkelin, Saschas Tochter." „Ich habe nur eine Enkelin und zwei Schwiegertöchter!" Die Frau hatte ein Zeichen gesetzt.

‚Was sind das nur für Menschen..?', fragte sich Sophie immer wieder.

Eines Abends blickte sie in die Röhre. Eine Dokumentation über die ‚Geistigen Irrwege' Kranker wurde gezeigt. Von einem ach so normaler Mann wurde berichtet, der tagsüber seinem Job nachging, Freunde und Bekannte hatte. Hin und wieder trieb es ihn nachts auf Friedhöfe, er besuchte die ‚frisch Bestatteten'. Mit seinem Spaten schaufelte er das Grab frei, öffnete den Sarg und bediente sich der Leiche. Er hatte Solches schon öfter getätigt, in seinem Esszimmer saß eine Gesellschaft mumifizierter Personen am Tisch, die er so perfekt präpariert hatte, dass ein Bekannter zu ihm sagte: „Nein, den Raum können wir nicht nehmen, da hast du ja Besuch." Eines Abends besuchte ihn abermals ein Bekannter, er sah die Menschen im Raum, kein Laut war zu hören. Der Mann stutzte, ging zurück, schaute: ‚Komisch, die Leute, die da sitzen, sie reden nicht, was ist los?' Die Sache fiel auf. Ein harmloser Fall, ein Leichenfetischist, der kunstgerecht die Toten herrichtete und sie sich zu Hause an den Tisch setzte.

Anders verhielt sich die Sache bei Jimmy, dem Farmer, der mit den Huren, die verschwanden und nicht mehr auftauchten. Den Leuten im Ort schmeckte die Blutwurst so gut...

‚Und was ist mit dem Mann, den ich kenne, mit seiner Psyche.., warum macht er das alles?', fragte sie sich. Sie suchte nach einer Antwort.

Sophie hatte genug gelesen, gehört, erlebt und keinen Bock, sich in die Hirne Kranker hineinzuversetzen, dennoch...

Gestern Abend hatten sie eine Talkrunde im TV gesehen, Thema: ‚Das Opfer eines Sadisten.' „Wie haben Sie das alles verarbeitet?", hatte der Moderator die junge Frau gefragt. „Vor Jahren wurden Sie entführt und misshandelt, wie haben Sie das verkraftet?" Die Frau sprach: „Der Täter hat mich viele Jahre auf nur fünf Quadratmetern gefangen gehalten, das war mein Domizil, dort musste ich es aushalten und... ich habe es ausgehalten. Ich wurde sexuell missbraucht, bekam nicht genügend zu essen, musste betteln, drei Tage und länger bis er sich meiner erbarmte, bis er mir Brot brachte. Eigens für diese Tat hatte er das Versteck gebaut, um seinen Sadismus zu befriedigen. In seinem Haus in einer Ecke, da wo ein Schrank stand, im Keller lebte ich." „Wie kann ein Mensch das aushalten?" „Man kann, wie Sie sehen, mit dem Kopf. Ich habe versucht, mich in seine Welt hineinzuversetzen, mit ihm in Kontakt zu kommen, eine Verbindung aufzubauen, das ist mir gelungen. Eines Tages hat der Mann mich dann in seinem Auto mitgenommen, er wollte tanken. Das war meine Chance. Als er einen Moment lang nicht aufpasste, bin ich abgehauen. Nach Jahren der Gefangenschaft war ich wieder frei, lief plötzlich auf der Straße und konnte zu meinen Eltern... Der Mann hat sich das Leben genommen." „Wie geht es Ihnen heute, was hat diese Schreckenstat mit Ihnen gemacht." „Da ich alles alleine entscheiden musste, wie ich das aushalte, was ich mache, wie ich überlebe.., das hat mich geformt. Ich konnte keinen fragen.., es hört sich merkwürdig an, aber... mein Selbstwertgefühl ist stark geworden." „Wie verhalten sich die Menschen Ihnen gegenüber, heute, wenn sie davon erfahren?" „Die meisten sind erstaunt, verstehen nicht, dass ich überleben konnte, einige haben sogar gesagt, die will Geld machen.., die soll lieber was lernen." „Ja, ja, es gibt viele dumme Menschen..", so die Antwort des Moderators.

‚Und das Täterprofil?', fragte sich Sophie. ‚Darüber hätte ich gerne etwas erfahren!'

Von Sascha hatte Sophia schon lange nichts mehr gehört, er war vermutlich noch in Hamburg. ‚Wie es ihm wohl geht?‘, dachte sie. Er hat eine neue Freundin, Regina, die ihn unbedingt haben will, sagte man ihr: „So seh ich aus, wenn ich geküsst werden will", hatte die Frau zu ihm gesagt. ‚Das ist der Mann fürs Leben...‘ muss sie gedacht haben. Jeden Abend stiegen sie ins Bett, machten Sex. Und.. es kam wie es kommen musste, die Frau wurde schwanger. Neun Monate später: Ein süßer Junge erblickte das Licht der Welt. Alles hätte so schön sein können, Sascha konnte nicht. Sein kleiner Sohn hatte Glück, gute Großeltern, eine Tante und die Mutter? Sie ging wieder ins Reisebüro. Die Nächte verbrachten sie weiter gemeinsam. Morgens frühstücken, dann rief die Pflicht. Regina wurde schlecht, jeden Morgen, wenn sie den Kaffee bei Sascha getrunken hatte. Sie dachte nicht nach. ‚Wird schon wieder, was soll's...‘ Ihr war weiter schlecht, immer morgens. Sie wurde misstrauisch. Er wird doch nicht? Nein, das konnte sie sich nicht vorstellen, sie hatten doch jetzt das Kind. Eines Morgens stand sie in der Tür. Sascha bereitete das Frühstück, er hatte sie nicht gesehen. Plötzlich sah sie, wie er Pulver aus seiner Tasche nahm und in ihren Kaffee fallen ließ. Also doch.. Schrecklich, grausam.!! Sie schrie ihn an: „Bist du verrückt, bist du wahnsinnig... Warum machst du das? Wir haben doch jetzt...", kreischte sie. Sie verstand nicht, war verzweifelt, rannte aus der Wohnung: ‚Da ist doch unser Sohn, wir sind Eltern, alles könnte schön werden, warum?‘, die Gedanken flogen ihr durch den Kopf. Und zu Hause: „Stellt Euch vor, Sascha.., der hat mir... kaum zu glauben, der muss verrückt sein, wie kann er? Am Abend sagte der Vater: „Lass dich hier bloß nicht mehr sehen.., du Hurensohn, du Dahergelaufener. Halte dich von meiner Tochter fern und.., lass das Kind in Ruhe, ich sag es dir." Das war das Ende. ‚Warum hast du bei Frauen kein Glück, was machst du falsch?‘, fragte sich Sascha nach Feierabend, er wusste nicht wohin. Mit Regina war Schluss, jetzt wieder in die Kneipe? Schöne Scheiße. ‚Irgendwas ist mit den Frauen, es sind immer die falschen... Ich kann doch, ich mach doch... „Sascha hat ne neue Freundin", so Frau Trauthmann als sie Sophie eines Tages zum Kaffee eingeladen hatte. „Find ich gut!", war ihre Antwort, ‚hoffentlich klappt's‘, dachte sie. Ein halbes Jahr später hieß es: „Die Frau aus Hamburg kommt nicht, das hat sie mir gesagt, die war doch so lieb, endlich mal ne nette...", Sophia hatte Frau Trauthmann in der Stadt getroffen. Warum klappte es mit

Sascha nicht, sie hatte sich mehrmals gefragt? Kinder wurden geboren und dann..? Seine Mutter wusste nicht, sein Bruder und Sascha selbst?, er wusste auch nicht. Der Mann agierte im Nebel, im Dunstkreis der Verwirrung stolperte er durchs Leben. Eines Abends waren zwei schwarz gekleidete Gestalten in der Kneipe erschienen, hatten Sascha ein Pulver in die Hand gedrückt: „Für Regina, tu der das morgen früh in den Kaffee..." Er war ihren Befehlen gefolgt.

Die Zeit in Hamburg wurde langweilig. Am Tag arbeitete Sascha im Büro und abends? Er war wieder allein, im Büro saß die Kollegin. ‚Die hat doch ne ganz gute Figur, viel Busen, einen Prachtarsch, warum nicht mal mit der?' Sie stiegen ins Bett. Die Frau wurde schwanger. „Ich war's nicht, die hatte noch andere, die über sie gestiegen sind, warum immer ich?" Sie gebar einen Sohn. ‚Das vierte Kind?' So genau wollte Sophia das nicht wissen, irgendwann hört frau auf zu zählen. „Die Kollegin wollte schon immer ein Kind, die hat's darauf angelegt, die hatte keine Lust im Job." „Wovon lebt die Frau denn jetzt?", fragte sie. „Erst bekommt sie Arbeitslosengeld und dann Harzt IV", sagte Sascha, teilnahmslos. Und jeden Abend die gleiche Frage: ‚Was mach ich jetzt?' „Kommst Du mit, ich mach's Dir für hundert Euro die Nacht." Eine Hure hatte ihn auf dem Heimweg angesprochen. Sascha ging mit, wo sollte er hin, mit seinen Problemen, seiner Sexsucht, seiner kranken Psyche? „Die wissen wenigstens wie's geht, denen braucht man das nicht zu erklären." Sophie schaute fassungslos, das hatte ihr noch keiner erzählt.

‚Wer mischt sich in mein Leben ein, wer hat mir das Pulver für Regina gegeben, wer schickt mir eine Hure, wo sind Sophias Porträts?', hätte Sascha fragen müssen. Er fragte nicht, nahm alles hin, öffnete seinem verhängnisvollen Schicksal Tür und Tor. Er hatte Sehnsucht nach Köln. ‚Zu Hause wird alles anders, alles wird gut, da kann ich', beruhigte er sich. Eines Tages erhielt Sophie einen Anruf: „Ich komme wieder zurück.., nach Hause, ich halte es hier nicht aus. Hamburg ist gut und schön, aber, es gibt keine Landschaft, kein Siebengebirge, außerdem brauche ich einen neuen Job. Und Du bist da!"

Reise durch die Republik

Sie waren seit Jahren verheiratet, lebten in Wiesbaden. Abends holte Sophie ihren Mann vom Büro ab, er arbeitete in Frankfurt. „Ich muss Dir was sagen, Sophia: In zwei Monaten ist mein Job hier beendet, ich muss mir einen neuen suchen. Der Köhler hat den Externen gekündigt, wir sind zu teuer." „Wird schon werden", sagte sie mutig. Sie dachte an ihr schönes Haus, an die Miete, die noch ein Jahr bezahlt werden musste, an den auf Raten gekauften Mercedes, an die Schulden beim Finanzamt, das überzogene Konto bei der Bank. Angst überfiel sie. „Das wird schon Sophie, mach Dir keine Sorgen. Wir werden aber umziehen müssen." Die Reise durch die Republik begann, die erst mal in Hamburg endete. Sascha hatte einen neuen Job und Sophie sollte an seiner Seite sein. In St.Georg bezogen sie ein Mit-Wohn-Appartement. Fremde Möbel, fremde Wäsche, benutzte Töpfe, die eklige Kochecke... In der Woche Hamburg, am Wochenende ihr schönes Haus in Wiesbaden. Alle fünf Tage ein neunhundert Kilometer-Trip. „Morgen wieder nach Hamburg, hab keine Lust..." „Dann bleib hier, Dein Gemeckere geht mir eh auf die Nerven", antwortete Sascha. „Und Deine Rumhurerei kotzt mich an." Sascha trieb es nicht nur mehrmals täglich im Büro mit einem Typ namens Josef, er spritzte auch wieder und Sophia brannte die Nase. Sie hatte genug von all den Problemen. ‚Wann ist endlich Schluss?', fragte sie sich. Am Tag lief sie allein durch Hamburg. ‚Hier hat er sich auch verewigt, ein kleiner Sohn wohnt mit seiner Mutter in der Stadt.' „Bleibe hier, fahr allein, hab die Schnauze voll." Sascha packte seine Sachen, bestellte ein Taxi, fuhr mit dem Zug nach Hamburg. ‚Wie geht's weiter, was wird werden?', dachte sie. Sie verbrachte den Nachmittag in der Stadt, das tat gut, heimische Straßen, heimische Gassen und ihr schönes Heim, ein leeres Haus, ohne Sascha, der war jetzt im hohen Norden. Das Telefon stand im Flur, tot. Als sie nach Hause kam, telefonierte sie mit einer Bekannten aus Köln, die Dame war Ende achtzig. „Besuchen Sie mich doch morgen Nachmittag, werde Waffeln backen und bei einer Tasse Kaffee können Sie Ihr Herz ausschütten", so die liebe Frau Beu. Sophie willigte ein. Der Abend war vergangen, die Nacht, Sascha hatte sich nicht gemeldet. Und Sophie, die dachte nicht daran. ‚Sascha ist doch an dem ganzen Desaster schuld, wer ist schwul, wer ist psychisch gestört? Warum hat er geheiratet, warum hat er mich mit seiner Katastrophe belästigt?' Sie wälzte sich im Bett, konnte nicht mehr schlafen. Sechs Uhr, ein neuer Tag war gekommen. Was sollte sie heute machen?, ihr wurde komisch. Das Telefon klingelte. Endlich. „Sophie, ich halt's ohne dich nicht aus, komm bitte, ich brauch dich doch, kann ohne dich nicht leben." „Bin gegen Abend in Hamburg, so acht, neun, besuche vorher Frau Beu." „Ist gut, ich warte, ich liebe dich." Beruhigt legte Sophia den Hörer auf die Gabel, das waren die Worte, die sie gebraucht hatte. Gegen Mittag fuhr sie nach Köln, später nach Hamburg.

„Den Weg wären Sie besser nicht gegangen, allein wär's einfacher gewesen." Die gute Frau Beu meinte es ehrlich, die hatte mit ihrem Sohn genug zu tun. „Jetzt haste aber geschluckt...", meinte der als er auf Sophie traf. Gegen einundzwanzig Uhr war sie in Hamburg, Sascha wartete. „Habe mir morgen frei genommen, wir müssen reden." ‚Auf zum Timmendorfer Strand', hieß es am nächsten Morgen. Sie wollten über ihre Probleme sprechen. Wie konnte sie mit jemand reden, der keine Worte fand? Alles verlief wie immer. Nichts war geklärt. Anderntags trafen sie sich zum Essen in der Stadt. „Werde heute Josef mitbringen, der will dich kennenlernen." Sascha erschien mit Josef, der unruhig auf seinem Stuhl hin- und herrutschte. „Kennst du das Pfannkuchenschiff?" Sophie fehlten die Worte, so war das also. Das Schiffchen des Dottore ankerte nicht weit vom Pfannkuchenschiff im Hafen von Köln-Süd. Josef wurde bezahlt, der Kollege ein Stricher. „Muss mir hier einen neuen Psychiater suchen." Saschas Psyche quälte ihn und mittlerweile bespritzte er wieder seine Frau. Im Norden waren die Verfolger, im Süden, im Osten, wie sonst wo... Sie versorgten ihn mit Gift und Sophies Nase brannte. Sie vereinbarte einen Termin in der Landesklinik. Ihr Mann wurde vorstellig, er sprach von seinem Zwang zu lügen. „Mit solch einem schweren Leiden können Sie keine Beziehung führen", so der Psychiater. Und wieder das Wort Trennung. Warum wurde Sascha nicht geholfen, mit einer Spritze, mit Neuroleptika? Weihnachten stand vor der Tür. Am Tag vor Heilig Abend fuhren sie nach Hause, in ein kaltes Heim, die Heizung war ausgefallen. Sophie bereitete einen festlichen Abend, Geld fehlte. In Hamburg hatte sie bei Karstadt ein Modellauto für Sascha erstanden, ein kleiner VW-Bus lag einsam mit Sophies kleinem Bernsteincollier auf dem Gabentisch, eine Suppe aus der

Konserve gab's, sie hatten schon bessere Zeiten erlebt. Es mangelte, die Miete konnte nicht bezahlt werden. Sascha hatte beim Einzug getönt: „Sie erhalten in den drei Jahren viel Geld von uns..." Peinlich. „Sie ziehen ja bald aus", so der Vermieter, er hatte einen Anwalt beauftragt. Sarah fragte nach Geld, da wo nichts mehr zu holen war. Zum x-ten Mal beendete sie die Beziehung zu ihren Eltern, ihr Therapeut hatte das geraten, das verantwortungslose Schwein.

--Sarah

In jungen Jahren hatte sie schon einige Therapien hinter sich. Das Mädchen, welches gesund aus dem Schoß des Elternhauses in die Welt lief, frohgemut, erwartungsvoll. Sie wollte eine Analyse machen, ihr Kindheit und Jugend untersuchen lassen, da wo es nichts zu untersuchen gab. Sarah war gesund. Nach der Analyse kam die Angst. Die Mutter hatte sie gewarnt: „Lass das Kind, das bringt nichts." Sie war gelaufen, zwei Jahre hatte sie der Arzt verbogen, eine Gehirnwäsche an ihr vorgenommen. Termine nach 22 Uhr, Sophia hatte richtig gehört, 22.30 Uhr. Heilig Abend in der Früh ging Sarah für den Mann einkaufen, schleppte Taschen voller Apfelsinen und Äpfel, welche sie auf dem Markt gekauft hatte. Das Mädchen, welches keinen Ordner tragen konnte wegen ihrem Rücken. „Mami, Du weißt, meine Skoliose.." Und plötzlich die Angst, Ängste, an denen sie heute noch leidet. Er hatte sie aus ihr heraus gekitzelt, das Schwein. „Du musst Dich von Deiner Mutter lösen, sie nicht mehr so oft sehen..." Sophia erschien in der Praxis, sie saß vor ihm, über ihr das kleine Bild eines KZs, ihr wurde komisch. So ist das also. Der Arzt ließ nicht mit sich reden. „Ich werde mich bei der Krankenkasse über Ihre zweifelhafte Therapie beschweren, Sie schaden jungen Menschen." „Sie sollten einen Therapeuten konsultieren", war seine Antwort. Sie schrieb der Versicherung einen Brief. Andere Eltern hatten sich schon beschwert, wieder andere hatten gegen den Mann prozessiert. Ein halbes Jahr später war die Praxis geschlossen, der Mann nicht mehr auffindbar. Das Schwein.

Wie erlebt Sophias Tochter das Ganze? Eines Tages wird auch sie belästigt. Sarah bewohnt im Kölner Süden ein kleines Appartement, zwei Zimmerchen unterm Dach, ihr Elfenbeintürmchen. Das Mädchen kennt keine Sorgen, Vater und Mutter haben gut für sie gesorgt. Sie studiert an der Kölner Uni. Einmal in der Woche trifft sie ihre Mutter, sie besuchen die Picolina: „Mami, stell Dir mal vor, was ich heute Morgen an meinem Fahrrad hatte. Eine weiße Blume, warte, ich zeig sie Dir." Sie kramt in ihrer Tasche. „Das ist eine Lilie." „Ist die nicht schön?" Sophia stutzt, die werden doch nicht.. „Ich habe einen neuen Verehrer, Mami, der hat mir die ans Lenkrad gesteckt, nicht wahr?" Sie schaut erwartungsvoll, die Mutter zuckt die Schulter. „Du hast recht, Sarah, das ist ein Verehrer." Ein paar Tage später hängt ein Bärchen an ihrem Rad, in der darauffolgenden Woche liegt ein totes Vögelchen vor der Haustür. „Mami, ich habe Angst, wer macht so was? Ein totes Vögelchen, wie schrecklich. Ich wohne allein unterm Dach, unter mir die Kuschels. Der Mann hört nicht richtig, wenn jemand kommt und ich schreie.." „Da kommt keiner, Sarah, sei beruhigt." „Mami, ich hab Angst..." „Dann schlaf wieder zu Hause.." „Das will ich nicht." Tage später klingelt abends das Telefon. „Mami, da war einer an meiner Wohnungstür, hier bei mir im zweiten Stock, der hat geklingelt. Ich hab geguckt, aber da war keiner. Wer ist das?" „Du hast einen Verehrer, schlaf diese Nacht zu Hause, komm." „Nein." Die Mutter seufzt.

Wochen später: Ein Mann wohnt in ihrer Nachbarschaft, sie trifft ihn jeden Tag, immer um die gleiche Zeit. Sie sieht ihn morgens an der Bahnschranke, auf dem Weg zur Uni, am Abend, jeden Tag. Der große Dunkelhaarige. Ein Mann um die vierzig, der sie anschaut, nichts sagt. Nachmittags im Café. Kein Wort. Ein Jahr lang. Eines Tages spricht Sarah ihn an, schaut ihm in die Augen: „Kommen Sie, wir gehen ins Fidelio!" Der Mann läuft davon. Der zweite Versuch. Er erzählt aus seinem Leben, er hat sich in Japanologie habilitiert, lebt mit seinem Sohn zusammen, ist geschieden. Plötzlich sieht sie ihn nicht mehr, er ist vom Erdboden verschwunden. Die Tochter begreift nicht. Akte ‚Erledigt' ist angesagt. Ein Stalker? Der Nächste ist im Anmarsch. Eines Tages sucht ein weißhaariger Endvierziger ihre Nähe. Schauplatz Kölner Unibibliothek, der Ort, wo Sarah täglich an ihrer Doktorarbeit arbeitet, wo jeder hinkommt. Ein Neuer? Er hustet, niest, spricht mit sich selbst und anderen, sorgt für Unruhe, Ärger. Sie kann sich nicht konzentrieren, wechselt den Platz. Er wechselt ebenfalls. Sarah ist wütend, hat Angst. Sie spricht mit dem Leiter, der Typ wird verwarnt. In der Uni ist Schluss. Der Mann ist jetzt in der Stadt, läuft hinter ihr, vor ihr. Auf einmal Ende. Frankfurt ist angesagt, wieder kein Kontakt zu Vater und Mutter, Funkstille… Sarah heiratet.

Die Weihnachtstage waren vorüber. „Was machen wir Sylvester? Wir wär's mit einem Besuch bei deiner Mutter?" Gegen zweiundzwanzig Uhr trafen sie unerwartet in Köln ein, Mutter und Bruder saßen am Tisch, tranken Bier und Schnaps. Helie, seine Frau, lag im Landeskrankenhaus, Alkoholprobleme. ‚Hier ist auch keine Stimmung', dachte Sophie und ging nach zwölf mit Sascha zu Bett. Die Mutter hatte ihr Schlafzimmer zur Verfügung gestellt. Als sie sich am Neujahrsmorgen an den Frühstückstisch setzten, starrte die Frau vor sich hin, sie schien um Jahre gealtert, redete kein Wort. Was war passiert? Sascha, von seiner nächtlichen Unruhe getrieben, war in der Nacht aufgestanden und hatte sich an dem Fernseher im Wohnzimmer zu schaffen gemacht, der jetzt nicht mehr lief. Die Mutter hatte ihn gehört. Sie war aus dem Bett gestiegen und ihm nachgegangen. ‚Was macht er da, warum macht er das, wieso? Ich fass es nicht, ist er verrückt?, muss sie gedacht haben.'

Gegen Mittag brachen sie auf, sie mussten nach Hamburg und Sascha ins Büro. ‚Wir müssen weg hier, wieder nach Hause, geordnet leben und nicht wie die Zigeuner herumziehen.' Sophies Vorsätze fürs neue Jahr. „Du musst dir einen andern Job suchen, das Herumziehen ist nichts für dich, für uns, du musst behandelt werden, dann wird alles gut", sprach sie auf der Fahrt nach Hamburg. Von St. Georg nach Altona, von Altona nach Köln. „Sehen Sie zu, dass Sie diese Leute los werden, das ist nicht ok, für Sie, für Ihren Mann, wenn Sie jetzt noch rauchen, kann das Ihrer Gesundheit schaden, bei dem was die spritzen", so der Vermieter in St. Georg. Im Frühling war's endlich soweit, sie zogen von Hamburg nach Köln, Sascha hatte einen neuen Job. Es gab Hoffnung. Ihren gesamten Hausrat hatten sie vor Jahren in Wiesbaden untergestellt, Möbel, Teppiche, Geschirr. Ein Jahr lang zahlten sie keine Miete, wohnten möbliert auf einem, auf zwei Zimmern. In Köln fanden Sascha und Sophie eine Bleibe, die ihren Wünschen entsprach, eine Wohnung im obersten

Stockwerk eines Mehrfamilienhauses mit Blick über das Rheintal. Sie hatten schwer zu tragen, am gesamten Hausrat, an den Möbeln, an dem Desaster mit den Verfolgern. „Wenn ich Ihnen nur helfen könnte, Frau Schwarzenbach, ich würde es tun...", sprach ihr neuer Vermieter, der schon informiert war. Wieder zurück in der Heimat, erwachte Sophies Lebenslust. Hier war alles vertraut, hier konnte sie atmen. Ihre Sorgen hatte sie im Gepäck, Sorgen die in der Fremde nicht zu ertragen waren. Sascha lief täglich ins Büro, auf ihn wartete bereits der nächste Stricher. Christoph Lanz der, wenn Sophie ihren Mann abends abholte, mit seinem schwarzen BMW an ihr vorbeischoss. ,Du erbärmliches Arschloch', dachte sie. ,Ein erfülltes Sexualleben wird es nie geben, wenn Sascha auf jedes Angebot eingeht.' Dass er lief, dafür sorgten SIE, das war IHNEN wichtig. „Wir brauchen einen Psychiater, ich brauch meine Spritze", sagte er. „Schildern Sie die Symptome Ihres Mannes." Sie saßen vor der Ärztin. „Der Psychiater in Frankfurt diagnostizierte Katatonie. Wenn ihm befohlen wird, macht er das. Mein Mann ist sexsüchtig, treibt es mehrmals am Tag, lügt zwanghaft, redet auffallend wenig, ist aggressiv, das gesamte Programm." Die Ärztin schaute mit großen Augen. „Ja, das mache ich, meine Frau hat recht." „Sind Sie schon einmal stationär behandelt worden?", fragte die Frau. „Nein, ich habe keine Krankenversicherung." „Die sollten Sie aber abschließen." Sophie verließ die Praxis. Wenig später setzte sich Sascha zu ihr ins Auto. „Und jetzt?" „Jetzt wird alles gut, wir sind wieder zu Hause und ich bekomme meine Spritze." Hoffnungsvoll saßen sie im Café am Markt, tranken ihren zweiten Kaffee. „Ich muss ins Büro, bis heute Abend." Zum Abschied drückte Sascha seiner Frau einen Kuss auf die Wange und verschwand. ,Das ist jetzt der sechste Umzug, wie viele kommen noch?', ging es ihr durch den Kopf. Sophie verließ das Café, sie hatte einiges zu erledigen. Zu Hause griff sie zum Hörer und wählte die Nummer einer Schulfreundin. „Heidi, hier ist Sophie, wir sind wieder zu Hause. Wenn du möchtest, können wir uns mal sehen, vielleicht Fahrrad fahren und so..." Sie verabredeten sich für Donnerstag, wollten mit dem Rad am Rhein entlang fahren.

„Sascha, heute um fünf kommen Leute von einer Hilfsorganisation ‚Menschen in Not', sie wollen die Wohnung inspizieren und sehen, was es mit dem täglichen Staub auf sich hat, den ich jeden Morgen vom Parkett fege." Sophia dachte: ‚Jetzt bin ich an der richtigen Adresse, die werden uns helfen, die kennen solche Fälle, wenn nicht die, wer dann?' Sie hatte ihnen von den schweren Belästigungen berichtet, von den Einbrüchen, von den Verfolgungen. „Haben Sie eindeutige Beweise, Einbruchsspuren an der Wohnungstür, an den Fenstern? Mit Ihrem täglichen Bodenstaub auf dem Parkett können wir nichts anfangen. Tut uns leid. Melden Sie sich wieder, wenn Sie Genaues sagen können." ‚Die können auch nicht.., ich fass es nicht, wer kann..?', fragte sie sich. Es gibt keine klaren Beweise, das ist's, die Taten sind wie in Nebel verhüllt und doch... sie sind real.

Heute war Donnerstag, heute hatte sie sich mit ihrer Bekannten verabredet. Punkt elf klingelte es, Heidi stand vor der Tür. Sophie öffnete: „Heidi, hallo, schön dich zu sehen." Die Freundin trat ein, nahm Sophie in den Arm, sie begrüßten sich herzlich. Plötzlich... brannte ihre Nase. Wie das? Sie stutzte. Ob Heidi etwa? Sie glaubte nicht. Ihr traute sie das nicht zu, sie war nicht so Eine, die sich kaufen ließ, sie kannten sich doch seit Jahren. Heidi war ok, die nächsten Wochen würden es zeigen. Die Tour ging los, sie fuhren den Rhein entlang, kehrten hier ein, dort. „Du und deine Geschwister, Ihr könnt froh sein, dass Ihr so eine liebe Mutter habt." „Das sind wir auch, die ist ok, aber wir?" Sophie stutzte. „Ihr kommt doch auch klar..." „Na ja..", war die Antwort. „Wie?" Wochen vergingen, Sophie und ihre Bekannte hatten sich in der Stadt verabredet. „Lass uns ins Cafe Fiedler gehen, meine Schwester ist da." Sie zögerte, sollte sie. Heidi hatte sich verändert, war nicht mehr die alte. Zu viert saßen sie in der Runde als ihre Nase brannte. Sie ließ sich nichts anmerken, sollen sie doch. Die Schwestern guckten, waren verunsichert, 'gibt's das?' ‚Das gibt's!' Nachdenklich ging Sophie zum Auto, Sascha wartete. Die also auch, fünfundneunzig Prozent machen mit, warum nicht die Beiden? Heidi konnte sie vergessen. In der darauffolgenden Woche begegnete sie ihr in der Stadt. Sie suchte ihre Nähe. ‚Die hat eh nichts Gutes vor', dachte Sophie. ‚Halt sie dir vom Hals, das ist das Beste.' „Werd dir einen Brief schreiben..." „Den kriegst du postwendend zurück!", Sophias Antwort.

Ihr Mann stand auf der Straße als sie vorfuhr. Sie gingen zum Italiener, aßen Spaghetti und Salat, tranken Rotwein. „Ich bin so froh, dass wir wieder zu Hause sind, jetzt wird alles gut. Du hast eine gute Ärztin gefunden und das mit den Finanzen wird auch..." „Wird auch...", erwiderte Sascha. Er beugte sich über den Tisch und gab Sophie einen Kuss. Er redete auffallend wenig. Wenn seine Frau einen Satz sprach, wiederholte er das Verb, eine Unterhaltung war nicht möglich. „Sag doch mal was", forderte sie ihn auf. Ein paar Worte, dann war Stille. „Warum sagst du nichts, beim nächstem Mal ist das anders!", so seine Mutter bei ihrem letzten Besuch. Die Frau redete wie ein Wasserfall, über den Nachbarn, der nachts über den Zaun in ihren Garten stieg und die Stiefmütterchen holte. Die blühten am nächsten Tag in seinem Garten. Sie hatte ihn in der Nacht beobachtet und anderntags seine Fußspuren in der nassen Erde gesehen. Merkwürdig, die Leute waren seit einem Jahrzehnt verstorben, junge Leute wohnten schon lange in dem Haus. Die Story des Herrn Zielke.., der andere Nachbar. Eines Tages hatte sie ihm eine alte Adler geliehen. „Stell Dir vor Sigismund, wann der die wieder gebracht hat, ein Jahr, ein Jahr... hat's gedauert und dann war se auch noch kaputt, der Umstellknopf, von klein nach groß..." „Jeden Tag muss ich mir das anhören, das mit den Stiefmütterchen, die Story von dem Zielke und wenn's ganz dick kommt, auch noch das, das mit dem Papa und der Frau aus Gemmerich. Ich lass sie reden, was soll ich machen, ich halt's bald nicht mehr aus", der in die Jahre gekommene Sohn der, der immer nach Geld fragte…

Eines Tages saßen sie bei der Mutter an der Kaffeetafel. Gegen Abend fuhren sie zurück. „Du musst deinen Bruder anrufen. deine Mutter hat heute unglaubliche Geschichten erzählt, über deinen Vater. „Der ist nur fremd gegangen..", so die Frau. „Der hat mit jedem Weib was angefangen. Ich hab sie in der Stadt gesehen, er hatte mich nach dem Mittagessen mitgenommen. Ich stieg aus und an der Ecke wartete diese Schlampe, er hat sie geküsst und umarmt. Dabei war die viel kleiner als ich, dick und hässlich. Dann gingen sie fort und ich war allein. Der Krieg aber war das schlimmste, was ich da erlebt habe. Das, was ich mit Deinem Vater erlebt habe, war auch schrecklich, aber nicht so schrecklich wie der Krieg, nicht wahr Sascha. Halte durch, hab ich mir immer wieder gesagt, das schaffst du. Wäre ich gegangen, unvorstellbar, ich hätte heute keine Rente, wäre ohne Geld, säße hinterm Bahnhof... Alle wussten Bescheid, die Vorgesetzten vom Papa, die Frau von der Bank, die Nachbarn. Aber Ihr wart ja da, der Schnucki noch so klein. Ich hatte ihn in der Metzgerei auf dem Arm, gegenüber vom Café Moldauer. Dein Vater stand vor mir mit einer Frau, er trug einen Hut. Als er mich bemerkte, zog er sich den Hut tief ins Gesicht, ich sollte ihn nicht erkennen. Ich hatte Angst, dass der Schnucki Papa sagt. Aber dann waren sie weg und der Metzger hat dem Schnucki eine Scheibe Wurst gegeben, die hat er immer da bekommen, dabei hatte er doch noch keine Zähne. Die Wurst habe ich genommen. Wir sind dann mit dem Bus nach Hause gefahren, in meiner Einkaufstasche war Leberkäse für uns drei, den habt Ihr ja so gerne gegessen." „Ist denn Euer Vater auch nachts weggeblieben?", fragte Sophie. „Nachts war der immer zu Hause, er schnarchte so schrecklich. Aber warum sollte ich mich auf die Couch im Wohnzimmer legen, sollte der doch unten schlafen, ich wollte in meinem gemütlichen Bett liegen. Und mit der Frau von dem Meißen hat er auch was angefangen. Der Herr Meißen wusste das. Als wir abends zu viert beisammen saßen, da haben sie unter dem Tisch sich gegenseitig ihre Füße berührt und so... Schrecklich. Eines Tages hat er mich in das Krankenhaus gebracht, ich saß allein in meinem Bett. Die Frau war auch da, die kam nieder... "Ich zeig Dich an, Du verdammtes Schwein, wenn ich wieder draußen bin!"", hab ich zu ihm gesagt. Sophie guckte verdutzt. „Und als ich den Sigismund bekam, wäre ich fast gestorben. Ich hatte eine Embolie und dann kam mein Papa, der hat Wollknäuel für die Schwester gebracht, die war immer so unfreundlich zu mir. Von da an war die nett... Und dann wohnten wir ja auch mal in Düsseldorf, da bin ich öfter über die Kö und hab eingekauft, das war schön. Eines Morgens musste ich auf ein Amt, Euer Vater hatte was angestellt, da hab ich was erfahren, über seine Familie und so, was da los war, das kann ich keinem erzählen... Und das mit der Gallenblase, das weißt du auch noch, nicht wahr Sascha? Nach der Operation hatten sie mir ein Pflaster auf die Wunde geklebt, das hat die Schwester ein paar Tage später einfach abgerissen, plötzlich blutete meine Wunde, sie war entzündet. Das kam von dem Blumentopf, der auf meinem Nachttisch stand, von der Blumenerde. Die Blume hatte mir meine Schwester gebracht. Dabei darf man das doch gar nicht, Blumenerde im Krankenzimmer wegen der Bakterien. Die haben meine Wunde entzündet. Ich hatte lange damit zu tun. Und dann das mit der Heile, Sascha, da hab ich was mitgemacht, als die im Landeskrankenhaus lag. Alle wussten, dass die immer so frech zu mir war. Ich will nicht weiter darüber reden. Die Vögel im Park zwitscherten da so schön, das waren Sittiche." Sophie seufzte und Sascha saß schweigend am Tisch. „Jetzt hab ich Euch was erzählt. Bald ist mein Geburtstag, dann koch ich Schweinebraten und Knödel, Ihr kommt ja. Kannst Du auch Knödel kochen, Sophia?, Sascha isst sie so gerne?" „Ja, kann ich." Sie hatten sich von der Mutter verabschiedet und waren auf dem Weg nach Hause. „Sprich gleich mit deinem Bruder.., die Stories von deinem Vater, komisch.., weißt du davon?" „Nee, hab ich nie gehört. Ich weiß nur von der Beziehung zu einer Frau, deren Sohn bei mir in der Klasse war, da wohnten wir auf dem Land in Gemmerich, mein Vater arbeitete in der Kaserne, die Frau war seine Sekretärin." Zu Hause angekommen, telefonierte Sascha mit Sigismund. „Wir waren bei der Mutti." „War's schön, war sie friedlich." „Ja, war sie. Die Mutti hat aber schreckliche Geschichten über unseren Vater erzählt, der ist nur fremd gegangen, weißt du was davon?" „Nö, wenn ich daheim war, saß der in seinem Sessel und las Zeitung, auch samstags. Seit Jahren muss ich mir mittags immer wieder das Gleiche anhören, von dem Zielke, der mit der Schreibmaschine, von dem Nachbarn, der mit den Stiefmütterchen und dann vom Papa und seiner Sekretärin aus Gemmerich. Mein Gott, der Mann ist über zwanzig Jahre tot... Ich lass sie reden, hat keinen Zweck. Ich werd noch wahnsinnig."

Als sie zu Hause waren, gingen sie zu Bett, Sascha schlief im Schlafzimmer, Sophie im Wohnzimmer. Er schnarchte laut. Abends schloss Sophie die Schlafzimmertür hinter ihm ab und schob einen Stuhl unter die Türklinke, das hatten sie vereinbart, so konnte er keinem die Tür öffnen, auch nicht, wenn sie ihn dazu aufforderten. Um sicher zu sein, drehte Sophie im Hausflur den Schlüssel im Schloss und wickelte die Schnur des Telefons um die Klinke. Jetzt konnte keiner rein, jetzt war alles ok, die Nachtruhe begann, dachte die Frau... Mitten in der Nacht kamen die Zuhälter, der Fettkloß, gaben ihm sein Gift und das Monstrum stocherte Sascha mit einem Dildo im Po. Nacht für Nacht. Am nächsten Morgen stand sie gegen sieben auf, ihr Mann musste ins Büro. „Morgen dickes Näschen", begrüßte sie ihn, er erwiderte: „Buon giorno, bella Marie", nicht ahnend, was sich Nacht für Nacht ereignete. Sie schaute nach der Telefonschnur, nach dem Stuhl, alles ok. Kein Grund, ihren Mann zu löchern, der zu all den Verbrechen schwieg. Er konnte nicht: „Es ist zu schlimm", sagte er stets. Wochen später kam es aus ihm heraus. Sophie bereitete das Frühstück, Sascha ging ins Bad, gegen neunuhrdreißig verließen sie die Wohnung. Sie fuhr ihren Mann ins Büro, am Abend holte sie ihn wieder ab. „Das musst du machen, Sophia, dann bin ich vor ihnen geschützt." Sie verstand.

Sophie war froh, seit ein paar Wochen waren sie wieder daheim, ‚alles wird endlich gut', sagte sie sich. „Jetzt bekommst du wieder deine Spritze, kannst dich wehren, kannst schreien, kannst IHNEN sagen, das mach ich nicht, haut ab, lasst mich in Ruhe." „Das kann ich...", war seine Antwort. Einmal im Monat fuhr sie ihn in die Praxis. Fact war, Sascha bekam kein Neuroleptikum, die Frau spritzte Zuckerwasser, das widerliche Weib, sie machte mit. „Lass mich dein Pflaster sehen." Es klebte auf seiner Hüfte und Sophie war beruhigt. Sie hatte in der Eisdiele gewartet. Was sie nicht wusste.., die Stricher waren bereits in ihrem Flur, in der Praxis und die Ärztin hatte die Tür hinter sich geschlossen. Die Frau, die sie informierten, wenn Sascha einen Termin hatte. „Jetzt müssen Sie sich aber von Ihrer Frau trennen..." Sophie hatte getobt: „Wie ist die ganze Scheiße nur möglich?, was tun SIE uns an, warum kannst du dich nicht wehren?" Das nutzten SIE, um die beiden zu trennen. Sascha wollte sich nicht trennen und Sophia, die auch nicht. Eines Tages sprach sie mit der Psychiaterin. „Ihr Mann ist mittlerweile stabil." „Wie? Stabil.., ohne Spritze! Das kann nicht sein", erwiderte sie. „Wir führen Gespräche!", antwortete die Ärztin. „Wenn ich Haldol spritzen würde, könnte er nicht mehr arbeiten." Tatsache: Sascha benahm sich weiterhin auffällig. Er ging an Sophies Tasche, wichtige Sachen verschwanden, er log, dass sich die Balken bogen, folgte seiner Befehlsautomatie, ließ Leute ins Haus, wenn sie sie eingeschläfert hatten, trieb es mit jedem und bekam mit seinem Vorgesetzten Streit. Das hatte zur Folge, dass sie ihm kündigten. ‚Und jetzt?' Wieder ohne Arbeit, ohne Geld. „Ich ziehe nicht noch mal in eine andere Stadt, hab keine Lust, ich bin's satt!" „Warte ab", beruhigte er seine Frau.

Zwei Monate waren vergangen. Sascha hatte einen neuen Job, Ingolstadt war angesagt. „Kannst du nicht mal alleine fahren?" „Nein, kann ich nicht, komme ohne dich nicht klar. Hab mir überlegt: Wir werden in Köln wohnen, in der Woche in einer Pension in Bayern sein und am Wochenende zu Hause." Sophie war beruhigt. Auf nach Bayern, nach Ingolstadt, siebzig Kilometer vor München. Sie war die Frau, die sicher Auto fuhr, Nerven wie Stahlseile hatte und überhaupt... Die Verfolger, die Rund-um-die-Uhr-Belästigung, ihr kranker Mann, kein Job, kein Geld, keine Tochter, zwei schlechte Mütter, eine irrsinnige Schwiegermutter, viele Umzüge, immer andere Städte, wer bietet mehr..?, fragte sie sich. „Wir müssen los, morgen um zehn beginnt meiner neuer Job." Die beiden Reisetaschen standen im Flur, gepackt für fünf Übernachtungen. ‚Am Freitag geht's wieder heim...', beruhigte sie sich. Gegen Abend erreichten sie Ingolstadt. Im Hotel zum Goldenen Hirsch in der Altstadt verbrachten sie die erste Nacht. „Du musst uns für die nächsten Tage eine Bleibe suchen, eine günstige Pension", so Sascha am andern Morgen zu seiner Frau. „Mach ich, wir müssen ja wissen, wo wir heute Abend schlafen. Und... viel Erfolg im Büro." „Hol mich um fünf am Mediamarkt in Ingolstadt-Süd ab, ich nehm gleich den Bus." Er drückte seiner Frau zum Abschied einen Kuss auf die Wange und war auf und davon. ‚Wieder eine neue Stadt, wieder Zirkus', Sophie standen die Tränen in den Augen. ‚Sieh' es positiv', sagte sie sich. ‚Wer hat schon die Chance.. neue Städte, neue Menschen kennenzulernen? Sie ziehen wie die Zigeuner durch die Lande', so die gute Frau Beu. ‚Sie hatte recht, oder?' Sophia trank im Restaurant ihren Kaffee, bezahlte die Rechnung und stieg in den Mercedes. An der Kreuzung fragte sie sich: ‚Wohin, nach rechts?, nach links?' Sie fuhr drauflos. Ihr Weg führte sie zum südlichen Stadtteil von Ingolstadt. Plötzlich las sie in großen Lettern ‚Pension an der Paar.' ‚Hoffentlich hab ich Glück.' Sie redete mit der Wirtin, ließ sich die Zimmer zeigen, verhandelte über den Preis, die Sache war gebongt. „Vermutlich werden wir bei Ihnen für die nächsten Wochen Dauermieter sein, mein Mann arbeitet in Ingolstadt, am Wochenende fahren wir nach Hause." „Wo kommens denn her?" fragte die Bayerin. „Aus dem Rheinland, aus Köln." „Aus Köln?.., Jo mei", die Frau guckte mit großen Augen. „Und was machen's Sie hier?" „Ich begleite meinen Mann und außerdem kann ich meine Tätigkeit am Computer von jedem Ort ausüben." Die Frau hatte verstanden und Sophie war froh, dass sie nicht weiter in sie eindrang. In der Eisdiele an der Ecke aß sie zu Mittag, ein Eis mit Sahne, am Abend wollte sie mit Sascha ins Wirtshaus. Jetzt waren sie in Bayern. Ihre Taschen standen schon auf dem Zimmer, an der Tür hatte sie ‚Nichtraucher' gelesen. Sophie runzelte die Stirn: ‚Das wird was, Sascha und nicht rauchen...' „Auf meinen Zimmern darf nicht geraucht werden!", das hatte ihr die Bayerin mit auf den Weg gegeben. Hinter dem Haus floss ein Rinnsal, sie konnte es vom Fenster ihres Zimmers sehen. ‚Gemütlich ist's hier, ein richtiges Kleinod.' Sophie war mit der Zimmerwahl zufrieden, ein ruhiger Ort in der stürmischen Brandung. Das brauchte sie, das tat gut. Und die Wirtin, na, ja... Hoffentlich störte sie die Frau nicht, wenn sie sich tagsüber im Zimmer aufhielt. Alles andere war wie gehabt, die Verfolger, sie spritzten ihr ätzendes Gift, auf Schritt und Tritt wurde Sophie beschattet und Sascha hatte seinen Stricher im Büro. Was passierte nachts, kamen die Zuhälter, hier in der Provinz? Und die Wirtin?, Sophie sah sich in Gedanken schon wieder mit den Koffern aus der Pension laufen. Sie wollte ihren Mann fragen, ob er in der Nacht gestört wurde, sie hatte keine Lust, ewig diese Belästigungen, diese Scheiße.., hier war Ruhe, endlich Frieden! In der Früh gingen sie in den Frühstücksraum, frische Semmeln gab's, Marmelade, Käse, Wurst und der Kaffee?, naja, heute wollte sie im Supermarkt einkaufen. In der Pension war alles perfekt, die Zimmer, das Bad, der Frühstücksraum, die Wirtin legte großen Wert darauf. Sie lebte mit ihrem Mann und den Töchtern im Haus nebenan. Gegen zwölf war sie heute wieder in der Pension, sie hatte Sascha ins Büro gebracht, war einkaufen, jetzt wollte sie sich an ihren Computer setzen. Die Bayerin kam aus den Zimmern, sie hatte sie gerichtet als es los ging: „Wissens Frau Schwa..", Sophie schaute sich um: „Ja, bitte?" „Was I noch zum Sagen hob: I leg großen Wert darauf, dass alles korrekt ist. I richt alles.., das erwart I auch von meinen Gästen. Aber.., was I net verstehen kann ist.., warum kommt Ihr Mann nicht allein nach Bayern, das machen andere Paare auch so, der Mann kommt und die Frau bleibt da..." ‚Da haben wir's', dachte Sophie. „Bei uns ist das eben anders..". war ihre Antwort. „Sei's drum..", antwortete die Wirtin. ‚Wusste ich's doch.., jetzt sind wir gerade mal ein paar Tage hier.. In Bayern schlagen die Uhren doch anders.' Sie wollte sich den Tag nicht verderben lassen, setzte sich an den Computer und verrichtete ihre Arbeit. ‚Morgen geht's wieder heim', sagt sie sich, ‚aber am Montag... sitzt du wieder hier!' Das Wochenende zu Hause war vorüber, sie waren wieder in Ingolstadt. Sophie hatte ihren Mann in der Früh ins Büro gefahren als sie gegen Mittag in der Pension auf die Wirtin traf. „Ich muss mich bei Ihnen entschuldigen, gestern als ich aus der Dusche kam, habe ich einen Fleck auf Ihre Badematte gemacht, das tut mir leid..." „Is schon recht...,I hobs bemerkt, aber Frau.., eigentlich.., na, so geht's net! I hob schon wieder eine neue Matte gekauft, stellen sich mal vor.., wenn I bei jedem Pänsionsgast eine Matte kaufen müsst, I verdien jo nix... I hob die Pänsion von meinem Vater seli geerbt, die moch I und mein Mann, der geht schaffe..." „Es tut mir wirklich leid", versuchte Sophie es noch mal. Die Bayerin seufzte. „Und was I Ihnen noch sagen wollt.., auf den Zimmern darf nicht geraucht werden, das sind Nichtraucherzimmer, ein Nichtraucher riecht den Rauch, so viel kann I net lüften. Die Kippen von Ihrem Mann, die schwimmen jeden Morgen in der Toilette, mit meinen Fingern fisch I die raus, des passt net. Die verstopfen mir ja das Rohr, stellen sich vor, mein armer Mann, der muss nachher alles richten, des geht net." Die Frau war mit ihrem Eimer und dem Müll verschwunden und Sophie stand da. ‚Sie musste mit Sascha reden, gottlob, noch vier Wochen und der Job in Ingolstadt ist beendet', sagte sie sich. „Du kannst die Kippen nicht immer ins Klo werfen, das ist ein Nichtraucherzimmer, die Wirtin hat sich heute bei mir beschwert...", so Sophia, als sie ihren Mann abends abholte. „Werd mich bessern", war seine Antwort. Am Abend aßen sie im Wirtshaus an der Paar eine Brotzeit, schauten auf Saschas Zimmer fern und gegen elf verschwand Sophie in ihrem Zimmer. Zwischen ihnen ereignete sich nichts.

Tote Hose war angesagt, dafür sorgte ER, das war IHM wichtig. Sascha hatte seinen Stricher im Büro, nachts kamen die Zuhälter und Sophia, die schaute seit ihrer Ehe in die Röhre. No Sex. Sie war mal ausserhäusig unterwegs, aber immer auf der Suche...und einen festen Freund?, das war aufwendig, kam nicht in Frage. Sie hatte doch Sascha. Ab und an spritzten sie Kokain, das war lästig oder?, sie wusste nicht. Die ständige Sexarbeit, die sie an Sascha verrichteten, zerstörte seine Sexualität. Drei mal täglich Sex und mehr, macht ein Kranker, ein Verrückter, ein armer Mensch, der unter Zwängen leidet, für den Befehlsautomatie lebensweisend ist. „Hol dir einen runter, mach's dir, deine Frau verlässt dich eh..", die Worte des Kloß, einer monströsen

Liliputaner-Hure, einem abartigen Wesen, die dreimal in der Nacht ins Zimmer rief. „Das ist DEIN Honig...", wollten SIE ihm einreden. „DIE sind ja total verrückt, SIE sollen mich mit der widerlichen Hure in Ruhe lassen", war seine Reaktion. „Die Nutte ist nicht zurechnungsfähig, sie kann keiner belangen, die Mutter hat sie verkauft, eines Tages, irgendwo im Osten, so die Worte eines Anwalts." Und ER hatte sie aufgetan. „Hab Euch damals in der BIRNE gesehen, du mit einer Liliputanerin, musste wegschaun, was war das?", fragte Sophie. „Meine Krankheit, meine Zwänge...", antwortete ihr Mann.

Madame Cilly legte den Thriller zur Seite, wieder hatte sie von unvorstellbaren Belästigungen, Verbrechen gelesen, sie hatte genug. Sie war von einem Wahnsinn in den nächsten geschlittert. Der Roman war erfunden, eine kaum glaubhafte Erzählung, wer dachte sich so etwas aus, total verrückt, das Buch gehörte auf den Index. Sie sollte es wegbringen, in die Tonne, die vor ihrem Haus stand. Nachher war es wieder soweit, die Ängste kamen, sie musste in die Pillendose greifen. Sie wollte auf Albert hören, der ihr schon so oft gesagt hatte: „Schmeiß den Schund weg, das ist nichts für Dich, für sensible Frauen und überhaupt, wer soll das bezahlen, die Verbrechen, die Leute, Cilly überleg mal, das kann keiner. Die Story scheitert am schnöden Mammon." „Ja, Albert, Du hast recht", hatte sie geantwortet. „Aber..."

ER saß in einem schweren englischen Sessel und blickte von seinem Herrensitz ins Tal. Sein Schachbrett stand vor ihm, die Hauswirtin hatte es auf einen kleinen chinesischen Tisch aus Rosenholz platziert. Jeden Tag servierte sie ihm um fünfzehn Uhr den Earl Gray und das Bisquit-Schweineöhrchen. Am Nachmittag war das sein Ort. Er liebte die Ruhe, Hektik hatte sein Leben bestimmt, seine Praxis, seine Geschäfte. Und doch, er konnte es nicht lassen, jetzt im Alter, er musste immer noch mit dabei sein. Seine Geschäfte zwangen ihn dazu, er brauchte sie wie die Luft zum Atmen. Nachts, wenn in seinem Haus die Stille eingekehrt war, seine Magd schlief, wurde es interessant. ER saß vor seinem Computer, telefonierte, ließ sich informieren, beraten und entschied. Entschied über Geschäfte, die sich im sechsstelligen Bereich befanden, entschied über Leben und Tod. Der Schwarze König. Jetzt blickte er auf sein Schachbrett, auf edle Figuren aus Marmor. Die Weiße Dame, sie hatte er im Focus, sie hatte es ihm angetan. Sie wollte nicht so... Die anderen Figuren hatte er im Griff. ‚Alles kein Problem', sagte er sich: ‚Wenn ich mit meinen Scheinen locke, den Psychostress ankurble, funktioniert jeder. Alle lechzt Ihr nach mehr, nach Geld, Ihr lieben kleinen Würmer im Tal. Von hier oben seh ich Euch kriechen, seh wie Ihr Euch abmüht. Ich hab Euch in der Hand, quel plaisir.' ER lehnte sich in seinem Sessel zurück. Alles lief, es könnte besser laufen, mehr action. ‚Du Turm, Du stehst da, beweg Dich, mach tu, Du Anwalt, Du. Und Du Pferd, hüpf nicht so hin und her, wenn ich Dir sage, behandle den nicht, hast Du das zu machen, Du weißt, ich kann auch anders. Den Läufer, den hab ich im Sack, der tut und macht, wie ich es will. Ein Idiot, aber er folgt. Die Weiße Dame, die ist das Problem, was mach ich mit der? Und die Bauern?, sie sind gefügig, sie funktionieren, brauchen nicht viel. Sie sind an jeder Ecke zu finden. Ich liebe Schach, ich brauch' das Spiel wie die Luft zum Atmen, wie meine Geschäfte.' Der Schwarze König machte es sich in seinem Sessel bequem und überlegte die nächste Operation, die Op. 59.

ER weiß, wie er mit seinen Figuren umzugehen hat. Jede hat ihre Funktion, jede Figur ihre Stärke, ihre Schwäche. Da setzt er an, da klappt es, da hat er Erfolg. Ihm, dem Schwarzen König, kann keiner sein Spiel verderben. Er ist mächtig, allmächtig. Sie wissen Bescheid. Da unten im Kölner Vorstadtviertel, da passiert es. Die Nachbarn kennen den Mann, die Frau. Sie munkeln. „Das sind sie, die beiden, sie werden belästigt. Zwei große schwere Typen kommen bei Tag und bei Nacht. Immer andere Männer. Was machen DIE da? DIE haben mit denen eine Rechnung offen. Das geht schon seit Jahren so. Das arme Paar, sie haben ein schweres Leben. Eigentlich nette Leute. Die Frau, eine schillernde Figur, wie die schon daher kommt und der Mann läuft neben dran. Vielleicht hatte die mal mit DENEN zu tun. Eine Nutte, nein, das glauben wir nicht, dass das so eine ist. Die soll's im Kopf haben, hat richtig was drauf wie man sich erzählt. Und der Mann, der hat's auch im Kopf, aber anders. Besser ist's, wenn wir nichts wissen, nichts hören und sehen, nachher sind wir auch noch dran. Guten Tag und guten Weg, mehr nicht." „Damit will keiner zu tun haben." So der Anwalt zu Sascha und Sophie. ‚Wie viele Anwälte haben wir schon konsultiert?‘, fragte sie sich. „Fünf, sechs?" Sogar die Leute im Haus, die unter dem Paar wohnen, machen mit. Der dunkelhaarige Mann läuft jeden Morgen um sieben, bringt etwas weg, irgendwas, was in der Nacht passiert ist. Wir können die Uhr danach stellen, wenn der das Haus verlässt. Was bringt der wohl weg?, ein Tonband, ein Video, wir wissen es nicht. Wird das Paar nachts gefilmt, der Mann, die Frau? Eines Nachts hat die Frau geschrien: „Sie haben dich gefilmt, du Idiot, als du in München ins Puff gelaufen bist, neben deinem Büro, du Schwein, wie konntest du nur. Und mir haben SIE den Film auf den Schreibtisch gelegt, dreimal. Ich sollte ihn zum Entwickeln bringen, sollte sehen wie du dich im Dreck suhlst, gottlob hab ich das nicht gemacht, dann war der Film weg." „Ich bin doch krank..., Sophia, das weißt du doch..", so ihr Mann. „Du hast vor Jahren die Tür des Standesamts mit der Tür des Landeskrankenhauses verwechselt. Da hast du hingehört und ich, arme Frau, hatte von alldem keine Ahnung." „Ich dachte doch, das wird besser, wenn wir verheiratet sind, dass ich das denn kann, normal leben und so. Ich wusste doch nicht, dass ich so krank bin." „Wie kann man nur.., wer bis vierzig die Kurve nicht kriegt, bekommt sie nie...", schrie Sophie. „Lass die Schweine mal weg sein, dann greifen die Tabletten, ich sauf nicht mehr das Gift und ich werde dir ein guter Mann sein." „Befehlsautomatie ist eine KO-Diagnose, da geht nichts mehr. Du öffnest den Verbrechern Tür und Tor und ich krieg nichts mit, weil ich schlafe, dank Nano. Das, was hier abgeht, hab ich in keinem noch so grausamen Krimi gesehen. Der Anwalt hat recht, der mir bei unserem Besuch in seiner Kanzlei gesagt hat: „Ihr Buch, das wird ein Hit, ein Knüller, ein Bestseller, schreiben Sie alles auf. Die Ereignisse, Schrecken und Gräueltaten, sie sind zu schade als dass sie in der Schublade verschwinden. Wenn jemand so ist wie Ihr Mann, kann das gerade noch akzeptiert werden, aber eigentlich auch nicht! Pädophilie ist nicht zu akzeptieren... Und vielleicht gibt es ja gar keinen Pseudostalker, dass das Ihr Mann ist, der die Taten begeht. Er möchte wissen, ob Sie ihn wirklich lieben, obwohl er Ihnen das alles antut. Als Beweis, verstehen Sie? Bauen Sie eine Webcam ein, dann werden Sie sehen. Ich hatte neulich einen Fall, die schrecklichsten Dinge passierten. Ich habe der Frau zu einer Webcam geraten. Später hat sie erkannt, dass sie diejenige war, die die Taten ausführte. Sie gelangten nicht in ihr Bewusstsein, ihr Unterbewusstsein war's, sie wusste von alldem nichts. Übrigens ein weiteres Kapitel für Ihr Buch, Frau Schwarzenbach. Gehen Sie heute noch zu Obi, die haben bis zwanzig Uhr auf, die haben solche Geräte, hier um die Ecke ist einer. Sie werden Gewissheit bekommen und dann kommen sie wieder, wir sehen weiter. Und was die Mafia angeht, vergessen sie das Thema. Ich war früher Verteidiger von Mafiosis, die operieren anders. Die fackeln nicht lange, die handeln. Ich kann Ihnen Bilder zeigen, da wird Ihnen schlecht. Wie verdauen Sie das Ganze, Frau Schwarzenbach, kommen Sie klar?, nicht dass noch was passiert." „Ich entspanne mit Reiki und bin eine Frohnatur", antwortete Sophie. Plötzlich stand der Anwalt auf, begleitete das Paar zur Tür: „Hier ist meine Karte, wenn Sie von alldem mal genug haben und sich scheiden lassen wollen..." Sophie war bedient, verließ mit Sascha die Kanzlei. „Der ist froh, dass wir weg sind, damit will wirklich keiner was zu tun haben, das ist selbst dem zu viel", so Sascha zu seiner Frau.

Eines Tages war ihr klar, das kostet nicht nur, die Verfolger, die Überwachung, das Nanosystem. ER macht Kohle mit uns, unser Spezie filmt. „Mami, schau mal, wir werden gefilmt." „Du spinnst, Sarah, das gibt es nicht." „Doch, schau." Sie zeigte auf eine Kamera, die ein Mann in der Hand hielt, ein paar Meter von ihnen entfernt, er filmte aus einem offenen Fenster im Café. ‚Was sollte das?', fragte sie sich. Sascha und Sophie hatten Tochter und Schwiegersohn in Bad Homburg besucht und saßen im Kurpark auf der Terrasse, ein heißer Sommertag ging zu Ende. ‚Warum gaben SIE Sascha seinen Trunk?', fünf- sechsmal am Tag und einmal in der Nacht, das Gesöff vernebelte sein Hirn, er ging auf wie ein Fettkloß, die Hemden passten nicht mehr, die Hosen, die Anzüge. Seine Konturen verschwammen, die des Gesichts, des Körpers, sein Bauch wurde dick und nachts rief der Kloß: „Hol dir einen runter, mach's dir." Er schlug die Decke zurück, machte sich an seinem Teil zu schaffen, er folgte. Tatort: Bad, auf der Erde vor der Toilette. Eklige Kulisse. Der schwammige Mann, sein irrer Blick, der fehlende Zahn, sein spuckendes Teil. Die Szene wurde gefilmt, der Typ unter ihnen spielte Postbote, Punkt sieben, jeden Morgen. Kaum zu glauben, der Spot wurde getoppt. Nachts, halb zwei, kamen die Zuhälter jetzt mit einer Nutte. Jede Nacht. Den Kloß hatten sie pensioniert, der war in Rente. Er aß täglich eine Kiste HARIBO Goldbären, die Figur mehr breit wie hoch. Bei ihrer nächtlichen Visite schleiften sie Sascha auf die Couch, eine Hure zog an der Hose, fummelte mit dem Dildo. ‚Das Schaf auf der Schlachtbank'. „Ich hasse Euch, Ihr Schweine, lasst mich mit Euren Nutten in Ruhe, ich bin keine Wichsvorlage, Ihr Säue, Ihr Verdammten...", Sascha meditierte, schrie es heraus, täglich. Nachricht Otto an Fritz via Satellit: „Um halb zwei in unserer gepolsterten Kemenate, das Highlight des Tages, Tristesse vergessen."

ER kennt den Markt, ER hat die Möglichkeit an Perverse zu verkaufen die, die auf Ekel stehen. ‚Darum also..', schoss es ihr durch den Kopf.

Sie lebten seit Jahren in ihrem idyllischen Vorstadtviertel, nicht weit vom Kölner Dom und thronten mit ihrer Dachgeschoßwohnung über den Dächern der Stadt. Die Leute kannten sie, wussten von ihrem Schicksal. „Wir sind Stadtgespräch, die halbe Stadt weiß von uns.." „Was soll's", so ihr Mann. Eines Tages brachten sie ein Paket zur Post. Sophia erkannte den Chef des kleinen Ristorante, in dem sie ihre Pasta aß. Der Mann stand vor ihnen am Schalter. Er sprach mit der Beamtin, die ihn fragend anschaute. „Ich verstehe Sie nicht, sprechen Sie bitte laut und deutlich. Die Zahl, die Sie mir nennen, gibt es nicht. Wie ist Ihre Postleitzahl?" „5347.." „Gibt es nicht, Sie haben eine Zahl vergessen." Der Mann versuchte erneut: „53347." „Die Zahl ist korrekt, die gibt es." Sophia hatte richtig gehört, die Postleitzahl war die Nummer des Vororts, in dem der Dottore lebt. Der also auch…, dachte sie. Mit wehendem Mantel eilte der Italiener aus der Post, hatte seine Stammgäste nicht erkannt. ‚Kann passieren..', dachte Sophie. „Vorne Pizza hinten Pate."

Der Schwarze König und die Weiße Dame waren sich irgendwann im Leben an einem Ort begegnet. Er hatte ihr tief in die blauen Augen geblickt und sie hatte seinen schweren Blick erkannt, nicht ahnend, welche Abgründe sich dahinter verbargen. Welch schweres Kreuz er schleppte. Auf dem Schachbrett berührten sich ihre Züge wenig, nach und nach versuchte der Schwarze König die Weiße Dame schachmatt zu setzen. Ein Versuch?!

Sophie liebte die Stadt am Rhein, war betrübt, wenn ihr Mann wieder in eine andere Stadt musste. Darmstadt war angesagt. Die gepackten Reisetaschen standen im Flur. ‚Morgen um sechs in der Früh ist Start, um zehn beginnt Saschas neuer Job. Fünf Nächte, dann geht's wieder heim‘, sagte sie sich. „Fahr endlich mal allein, dann kann ich zu Hause bleiben." „Nein, ich kann nicht, das klappt dann nicht, du musst mitkommen. Such eine Pension, wo wir die kommenden Nächte sein werden." Kurz vor zehn lieferte sie ihren Mann am Büro ab, ihr Navigationsgerät hatte sie zu dem Ort gebracht. ‚Und jetzt? Nach rechts, nach links, wohin?‘ Ihr Weg führte sie aus der Stadt, an der Pharmafirma MERCK vorbei, in einen südlichen Stadtteil von Darmstadt. Am Ende der Straße hielt Sophie an, fragte einen Passanten nach einer Pension. „Fahren Sie gerade aus und dann links, dann kommen Sie ins Arbeiterviertel, dort gibt es auch eine Pension." Sie hatte das Haus erblickt, stellte den Wagen an die Seite, betrat die Pension. „Hallo, ist hier jemand?" Sie lief durch den Flur, die Türen standen offen. Sie blickte in die Zimmer, einfache Räume, Bett und Stuhl, ein Fernseher. „Buon giorno", eine ältere, dicke Italienerin kreuzte ihren Weg. „Ich suche zwei Einzelzimmer für die Woche, am Wochenende geht's nach Hause." „Kommen Sie mit, schauen Sie, hier sind zwei, pro Nacht, pro Zimmer fünfundzwanzig Euro, ohne Frühstück, um die Ecke gibt's genügend Bäcker und Cafés." „Gebongt. Ist es möglich, dass ich mich am Tag im Zimmer aufhalte?" „Kein Problem." Sie atmete auf, keine bayerischen Verhältnisse, keine nervige Fragerei. Sie schleppte die Taschen aufs Zimmer. ‚Na ja, schön ist anders…‘ Eine Stunde später setzte sie sich in die Bahn, fuhr in die Stadt, Darmstadt erkunden.

‚Wie oft schon hatte sie in ihrer Ehe fremde Städte gesehen. Interessant, oder?‘, fragte sie sich. Alles war anders gekommen als sie sich vorgestellt hatte. Die Bahn hielt am Bahnhof, sie musste umsteigen, den Bus in die City nehmen. Plötzlich hatte sie das Gefühl, sie sind wieder hinter dir her. Der Mann, der vor ihr saß, glotzte, ihre Nase brannte, irgendjemand spritzte. Hört das denn nie auf?, die ständige Verfolgung, das ganze Theater… Das kann doch so nicht weiter gehen, einen Beweis muss es doch geben, die Polizei, die Staatsanwaltschaft, einer muss helfen. „Bringen Sie eindeutige Beweise, dann können wir handeln", so der Polizist auf der Wache in Köln. „Wer verfolgt Sie denn, kennen Sie den Mann?" „Nein, es sind immer andere, immer neue, Männer und Frauen, das ist es ja." Der Beamte schaute mit großen Augen. „Wir können Ihnen nicht helfen. Wird Ihr Mann auch belästigt?!," „Ja." „Dann haben sie doch einen Zeugen." „Aber, der ist krank, dem glaubt keiner." „Was hat der denn für eine Krankheit?" „Hm..." Das war zu viel. Sophie hatte schlagartig die Wache verlassen. Wie sollte sie dem Beamten erklären, dass Sascha verrückt ist, unter Befehlsautomatie leidet, ständig Stricher und Nutten hinter ihm her sind, im Büro, im Zug auf der Straße, in Cafés, dass er mitläuft, es auf der Toilette treibt, irgendwo, wo keiner hinkommt. Wer glaubte das, wer machte das, wer hatte Interesse daran, wer konnte das bezahlen? Kein Mensch! Das war der Punkt, warum die unglaubliche Geschichte existierte und keine Beweise vorhanden waren. Jeder, der mitmachte, bekam Geld, hielt den Mund, machte mit aus Angst. Alle wussten Bescheid und doch..! „Du wirst im Restaurant wissen, der Mann neben dir ist es, du kannst nichts machen", so der Dottore zu Sophia, die ihn sprachlos angeguckt und gedacht hatte: „Red. nur, wir werden sehen..."

Die Nächte in der Pension in Darmstadt verliefen wie immer, die Huren kamen, die Stricher, sie klopften an Saschas Tür, er öffnete. „Sie sollen mich in Ruhe lassen, ich will das alles nicht", so ihr Mann. Morgens brachte sie ihn ins Büro, nachdem sie ihr Frühstück bei McDonalds am Bahnhof eingenommen hatten. Sophia stellte den Mercedes in einer Seitenstraße ab, sie durchquerten den kleinen Park, schon waren sie da. Es war Sommer und auf einer Parkbank saß eine fettleibige Frau um die vierzig, die lächelte. Sie schien leicht nervös und schob ihren Rock rauf und runter. Jeden Morgen saß sie da und Sophie dachte, ‚die weiß nicht was sie machen soll und am Bahnhof ist immer was los.' Sophia wusste auch nicht so recht, was zu tun ist, wenn Sascha im Büro war, aber da war ihr Laptop und seit ein paar Wochen schrieb sie wieder über sich, über ihr Leben und überhaupt.. Wer konnte schon über ein derart buntes Leben berichten, zwei Mütter, zwei Väter, über zahlreiche Liebesgeschichten, Mann/Frau. Aber, wen interessierte das? Keinen. Das, was sie zurzeit erlebte war Film reif, skandalös, davon musste die Welt erfahren. Auf dem Friedhof neben ihrer Pension war es schattig und still, hier wollte sie mit ihrem Thriller anfangen, nachher, wenn Sascha im Büro war. Plötzlich drehte sie sich um, erblickte die Bettlerin, die just in dem Moment ihr T-Shirt hoch schob und zwei dicke fette Brüste präsentierte, die sie genüsslich knetete. Ein widerliches Grinsen zierte ihr eh schon hässliches Gesicht. ‚Die ist ja völlig irre‘, dachte Sophia. Sascha lief an ihrer Seite, er hatte von alldem nichts mitbekommen. Der Mann, der mit seiner Krankheit, den Strichern nachts und am Tag überfordert war und jetzt Darmstadt. Sie suchte nach dem Liebreiz der Stadt, den sie nur schwer finden konnte. Am Bahnhof, in der Pension im Arbeiterviertel, alles öde und trist. Und die Menschen in der Stadt? Neulich, der Besitzer des Hotels. Er hatte sich an seinen Hosenschlitz gefasst, auf ihren Busen gestiert und sich sein Teil gerieben. Der kam mit dem Ding auch nicht zurecht. In seinem alten Hotelbunker roch es, kaum zu glauben, dass hier einer abstieg. Sie mussten. Sophie fühlte sich in dieser Stadt verloren. ‚Komisch, der Name Darm..stadt, Hauptstadt der Schwulen!. Wie geht‘s weiter?‘, fragte sie sich. Mit Saschas Arbeit, der Krankheit, den Verfolgern?‘ Sie freute sich aufs Wochenende, wenn‘s wieder heim ging. Freitags vormittags lief sie in den Keller, der Sohn der Italienerin hatte hier sein Büro, er lebte mit Frau und Kind im obersten Stockwerk des Hauses. Sie bezahlte wöchentlich ihre Zimmer als der Vermieter sie bat, doch mal Platz zu nehmen. „Sagen Sie mal, was ist mit Ihrem Mann los, im Büro bringt er‘s ja, wie mir erzählt wurde, aber hier, in der Nacht. Sie müssen mal nebenan schlafen, dann bekommen Sie mit, was sich da abspielt. So was habe ich noch nicht erlebt.“ „Ich weiß...“, antwortete Sophia: „Das ist ja der Grund, warum ich mitfahre, wir werden belästigt und er kann sich nicht wehren, er ist krank.“ „Verstehe“, so der Mann, der Sophie mitleidig von der Seite anschaute. „Dann machen Sie auch was mit.“ „Kann ich Ihnen sagen.“ ‚Warum gehst du nicht zur Polizei‘, dachte sie. Der Besitzer der Pension verhielt sich wie die Andern, Motiv: Angst und Geld. „Ich wollte Sie fragen, wer wohnt nebenan? Nachmittags sitze ich an meinem Computer, schreibe und habe bei der schrecklichen Hitze die Fenster geöffnet. Plötzlich höre ich meinen Namen und ein Mann sagt zu seinem halbwüchsigen Sohn im Hof: „Da oben am Fenster, das ist die Frau Schwarzenbach, die hat ihre Tage.“ „Hat der Nachbar, der Typ von nebenan, sich wieder daneben benommen, ja, der hat se nicht alle, der ist verrückt“, war die Antwort. „Geben Sie nichts drum, mit dem hatten wir schon viel Ärger, der macht immer die Frauen an, unsere Gäste, der hat se nicht alle“, murmelte er noch mal. „Tschüss, bis

Montag", Sophie war auf und davon: ‚Weg hier, gleich geht's nach Hause, es ist Wochenende.' Sie holte Sascha ab und sah wie ein junger Typ am Eingang zum Büro sich von ihrem Mann mit einem Kuss verabschiedete. ‚Langsam kapier ich's nicht mehr, was soll das?, ich fass es nicht.' Sie waren jetzt im sechsten Jahr verheiratet, nach und nach hatte sie bemerkt, dass mit ihrem Mann etwas nicht stimmte, eine schreckliche Krankheit, die sich langsam offenbarte und für einen Fremden kaum zu erkennen war. Für einen Psychiater?.., aber auch die Ärztin hatte gesagt: „Was im Fall Ihres Mannes krank oder Charakter ist, ist nicht einfach zu sagen." Vor Jahren hatte ein Arzt in der Landesklinik Katatonie, eine Untergruppe der Schizophrenie, diagnostiziert, er verschrieb Neuroleptika, die sie auf dem Teppich ihres Wohnzimmers jeden Morgen aufsammelte. Gottlob erkannte Sascha nach langer Zeit, dass er die Tabletten brauchte. „Ich wollte dir ein guter Mann sein und merkte in unserem schönen Haus in Wiesbaden, dass ich das gar nicht kann. Alles war so rein, so klar." Sie schaute entgeistert: „Wie sollte es denn sein?", fragte sie. „Na, ja, ich war das nicht gewohnt, die Ordnung, die Harmonie, die ich spürte…" Der Prozess der Krankeneinsicht dauerte sieben Jahre. Sascha war nicht mehr der Jüngste, ‚irgendwann ist's zu spät', sagte sie sich. Ein ständiges Auf und Ab. Laut schreiende Auseinandersetzungen hatte es gegeben, Handgreiflichkeiten, meist am Morgen, bevor ihr Mann ins Büro ging. Seine Frau hatte Horrorvisionen von Sperma befleckten Unterhosen, von Männern und Frauen tagsüber im Café, auf der Bahnhofstoilette, von seinen Unterhosen, die sie am andern Morgen zu waschen hatte. Warum konnte er nicht? Sie waren doch jetzt verheiratet, alles sollte gut werden. Sophie hatte die unendlichen Facetten dieser schweren psychischen Störung nicht erkannt, die Krankheit, die mannigfaltige Gesichter hat. Langsam blickte sie durch, hatte Bücher gewälzt, im Internet nachgeschaut, Ärzte befragt, von denen keiner half.. Der Psychiater in Frankfurt, der hatte verschrieben und jetzt? Auf Umwegen besorgte sie Neuroleptika, was musste Sascha nehmen, wie viel? Jetzt schluckte er, morgens, abends und.., es wurde besser, sein Zustand änderte sich. Die Nebel im Hirn lichteten sich, er verstand seine Situation. Die Medikamente, die eines Tages eine Ärztin verschrieb, gleiche Mittel, gleiche Dosis. Cannabis hatte sie entdeckt, über die Schizophrenie und Zwangssymptomatik eines Mannes wurde im Internet berichtet, über die Studie einer renommierten Klinik, Cannabis hatte geholfen. „Sascha, lies den Artikel.., der Typ hat die gleiche Symptomatik, Cannabis ist's. Wir werden uns die Pillen besorgen, koste es was es wolle..." „Die deutschen Ärzte behandeln mit den marktüblichen Medikamenten, ich kann Ihnen dieses Mittel nicht verschreiben, das war eine Studie", die Ärztin hatte es ihr erzählt. „Aussichtslos, Sascha, Cannabis werden wir legal nicht bekommen. Wir versuchen's auf dem Schwarzmarkt oder fahren nach Maastricht in einen Coffeeshop. Der monatliche Trip nach Holland war gebongt und... Hasch half auch ihrem Mann. Mit Schrecken las Sophie eines Tages im Internet: „Holland verbietet den Cannabis-Grenztourismus." „Dann geht's eben anders, Sascha, wir fahren zukünftig nach Amsterdam. Auch ne schöne holländische Stadt, da gibt's die Tulpen." Zu der Zeit lebten sie wieder in der Heimat aber.., die Verfolger waren noch präsent.

Ihre Situation in Darmstadt war katastrophal, die schrecklichen Wohnverhältnisse in der Woche und... der Job, für kurze Zeit begrenzt. Eines Abends sagte ihr Mann: „Ich habe ein Angebot aus München bekommen, ich möchte mir das nächsten Montag anschauen, wir müssen nach Bayern. Um sechs hin, am Nachmittag zurück." „Wie das?", fragte seine Frau. „Du wirst sehen, es geht." Am frühen Morgen waren sie eines Tages auf der Autobahn, dreizehn Uhr war der Termin. Um zwölf erreichten sie die Landeshauptstadt. Der Headhunter und ihr Mann hatten sich in einem Gartenlokal verabredet, Sophie saß drei Tische weiter. Plötzlich verschwand der Mann mit Sascha, nach einer Stunde erschienen sie wieder. „Darf ich Ihnen meine Frau vorstellen, Herr Günzkofer, das ist meine Frau, Sophia, das ist Herr Günzkofer. In zwei Monaten, Sophie, geht's nach München, ich hab den Job bekommen." Ihr Mann lachte über das ganze Gesicht, ihre Züge versteinerten sich. „Wie...", fragte sie, ihr fehlten die Worte. ‚Es war doch abgemacht, sie hatten das auf der Hinfahrt besprochen, dass du erst mal nicht nach Bayern gehst, schoss es ihr durch den Kopf.' „Sie sagten, Ihre Frau mache jetzt einen Luftsprung, wenn sie das hört...", so der Headhunter, der die Sache nicht mehr verstand. Er wünschte dem Paar eine gute Heimreise und verschwand. Sie hatte doch begriffen, Darmstadt war nichts.., aber musste es denn gleich München sein.

So weit weg. Tränen standen in ihren Augen. „Wir werden unsere Wohnung in Köln behalten, alle vierzehn Tage nach Hause fahren und in München suchen wir uns erst mal eine Mitwohn-Möglichkeit." ‚Das hört sich schon besser an', dachte sie. Langsam gewöhnte sie sich an den Gedanken. Die Tage in Darmstadt schleppten sich dahin. Vor der Zeit in München waren ein paar Tage Urlaub angesagt. ‚Abschied von Köln?', fragte sie sich. ‚Nein! Alle vierzehn Tage geht's wieder heim...' Ihr Zusammenleben stand kurze Zeit auf dem Spiel. ‚Hättest du nicht geheiratet, müsstest du jetzt nicht laufend die Taschen packen und dann..?'. Sophia dachte nicht weiter nach, eigentlich klappte ihre Ehe mit Sascha ganz gut, wäre nicht seine schwere Krankheit, die Verfolger, die dafür sorgten, dass Sascha nicht gesund wurde.

Bayern

Saschas und Sophies München-Kapitel wurde aufgeschlagen. Und wieder standen die gepackten Taschen im Flur. Gegen zwölf Uhr, Sonntagmittag, ging's los, auf nach Bayern, wohin? „Wir werden erst mal in der Pension in Ingolstadt nachfragen.., bis wir eine Wohnung in München haben", Sophies Vorschlag. „Wenn die Bayerin uns überhaupt nochmal nimmt. Du mit deinen Kippen im Klo." „Die verdient auch gerne", so ihr Mann. Gegen siebzehn Uhr waren sie in Ingolstadt, sie klingelten, die Wirtin öffnete die Tür. „Ah, jo mei, do, son's wieder. I geb Ihnen zwei Zimmer, aber Rauchen, Sie wissen's, des geht net. Und wann geht's wieder aufi?" „Wir werden uns in München eine Bleibe suchen, mein Mann arbeitet jetzt dort." „Des is schon recht und... stellen sich's vor", sagte anderntags die Frau zu Sophia: „Ein Zimmer in den Bergen, jo mei, des is Urlaub, Urlaub is des, Frau..:" Sophie wusste, dass die Wirtin sie lieber gehen als kommen sah. Wer wollte Verfolger im Haus haben, eine Frau, die sich tagsüber im Zimmer aufhielt und einen Mann, der in ihren Zimmern rauchte und die Kippen ins Klo warf. Ihre Zeit in der Pension war begrenzt, das war so sicher wie das Amen in der Kirche. Sie fuhr Sascha jeden Morgen mit dem Auto nach München und holte ihn gegen Abend ab. „Warum machen's denn des, des versteh I net? Meiner, der fährt auch, aber einmal in der Woch, abends ist der wieder do. Und Sie.., Sie fahrn jeden Tag, zweimol, hin und her?" Sie schaute mit großen Augen. „Do gibts doch ne Bundesbahn, warum des? Bringens den auf die Bahn, der Zug kommt einmal in der Stund..." Die Wirtin hatte gesprochen. „Ab morgen fährst du mit der Bahn", so Sophie abends zu Ihrem Mann. „Mir ist aber lieber, wenn du mich bringst, dann bin ich sicher im Büro." „Wir probieren's", war ihre Antwort. Anderntags brachte sie Sascha zur Bahn, der Zug kam in zehn Minuten. Sie verabschiedeten sich. Sophie besuchte den Zeitungsladen, spielte Mittwochslotto als sie aus der Tür trat und ihren Augen nicht traute. Ihr Mann kam gerade aus der Herrentoilette, der Zug war weg und... Sophia tobte: „Ich fass es nicht...", schrie sie in der Bahnhofshalle. Die Bayern guckten. „Bist Du überhaupt nicht mehr Herr deiner Sinne, wie soll das weiter gehen? Du bist ja komplett wahnsinnig, Du gehörst in die Irrenanstalt..." „Bring mich, der Zug ist weg und überhaupt.., ich war mit einem auf der Toilette, ich bin mitgelaufen", sagte Sascha kleinlaut. „Die müssen weg, weg müssen die.., dann wird's besser, du wirst sehen." ‚Morgen Abend geht's wieder heim, Gott sei Dank', beruhigte sie sich. Anderntags zahlte sie in der Pension, es war Freitag. „Nee, Frau.., für nächst Woch, do hob I nix frei, do kimmen Leit auf Urlaub, des sons zehn Leit, I hob schon überlegt, wo I die hinbring, die kimmen do wo Sie hersan, auf Urlaub kimmen die, verstehn's?" Sophie seufzte tief und jetzt? ‚Sie hatten doch noch keine Wohnung in München, aber... erst geht's wieder nach Hause', sprach sie zu sich.

Back on the road again. Es war Montag früh, Sascha hatte sich einen Tag frei genommen. Heute wollte das Paar nach einer Bleibe in München suchen. ‚Eine Ferienwohnung, das wär's', sagten sie sich. Ihr Mann blätterte in einem Münchner Blatt. Sie waren bereits vor Ort, als er mit der Wirtin telefonierte. „In einer halben Stund können's kommen, dann bin I fertig", hörte sie die Frau sagen. „Und wo ist die Wohnung?" „Die ist im Tegernseer Tal", antwortete er. ‚Noch weiter weg...', stöhnte Sophie. Ihr Navi hatte sie zu der Ferienwohnung gebracht, eine dickliche Bayerin im Dirndl öffnete die Tür: „Ah, do sans." Wie Sophia später erfuhr, war die Frau gerade mal ein Jahr älter als sie, kaum zu glauben.., wie die daher kam. ‚Das ist die bayerische Luft', sagte sie sich. Die Frau führte das Paar in eine schöne Zwei-Zimmer-Ferienwohnung mit Blick auf die Berge in der Ferne. ‚Wunderschön ist das hier wie im Urlaub...', dachte Sophie, ‚aber... am Freitag geht's wieder heim.' „I bin die Marianne Riegl und Sie sans die Frau... Ihr Mann hots bereits gesogt. Was I noch zum Sagen hob, meine Zimmer, die sin alle gut, schauns her, die Türen, die Teppiche, das Bad und bluten Sie?.., dann müssen's aufpassen, keine Flecken.. und.. Ihr Mann kann hier nicht kochen wegen dem Tomatenmark an den Wänden. Verstehns? Die Küch is so gut wie neu und ein Mann und kochen, des passt net, jawohl..!" Sascha schaute verständnislos und Sophie hatte brav genickt. ‚Hoffentlich geht das gut hier.' Am frühen Abend setzten sie sich in den Wagen, fuhren in den Supermarkt. Jetzt war es amtlich, sie waren in Oberbayern. Auf der Terrasse ihrer Ferienwohnung aßen sie eine Brotzeit, Weißwürst mit Sauerkraut und Bier. In der Ferne versank justament die Sonne hinter den Bergen, eine Kulisse wie aus dem Film. Die erste Nacht verlief störungsfrei, wie Sascha am nächsten Morgen berichtete. Sophie schlief im Schlafzimmer, ihr

Mann im Wohnzimmer. Vielleicht war der Wahnsinn endlich vorbei, die Stricher, die Nutten, die Belästigungen..? Sie hoffte sehr. Weit gefehlt. Jetzt ging's erst richtig los. Die Wirtin wurde vor ihrer Anreise von IHNEN angesprochen, alles war installiert, das Nano-System, die Abhöranlage, die Webcam und.., die Bayerin war mit von der Partie. Was sollte sie machen?, SIE hatten sie gefragt. Eine Frau, die ihren Mann verteufelte, den sie aus dem Haus gejagt hatte, die einen religiösen Wahn besaß und die die Kirche im Ort anstreichen wollte. Als Sophie ein paar Tage später abends aus dem Haus trat, es war bereits dunkel, wollte sie ihre Jacke aus dem Wagen holen. Kerzenschein erhellte den Weg. ,Wie das?', fragte sie sich. Sie schaute durch ein zu ebener Erde gelegenes lichtes Fenster, sah ein kleines Zimmer, aus dem die Wirtin eine Kapelle gemacht hatte. Sie erblickte einen Altar mit einer großen Heiligenfigur, zwei dicke Kerzen waren seitlich platziert und.. kniete da nicht die Bayerin? Sie musste wegschauen, das war zu viel. Düstere Bilder aus dem Mittelalter schwanten ihr vor den Augen. Wo waren sie gelandet?

Alles um sie herum war ordentlich und gepflegt. Frau Riegl hatte ihnen angeboten, wenn sie am Wochenende Heim fahren, sagen sie Bescheid, dann säubere ich die Wohnung, richt alles, natürlich gegen Aufpreis, versteht sich. Einen Dienst, den Sophia gerne beanspruchte. So müßig wie ihr Gang in der Woche war, so stressig war er, wenn sie nach Hause fuhren. In der Woche brachte sie ihren Mann morgens ins Büro, holte ihn abends ab. Das sollte sie machen, ihr Job, darum hatte Sascha sie gebeten: „Ich bin dann vor ihnen geschützt, du musst mir helfen, Sophia, das weißt du ja." Meist war sie gegen Mittag wieder in der Ferienwohnung, widmete sich ihren Projekten, Schreiben, Französisch, Italienisch. Es gab auch Zeiten, da meditierte sie vor sich hin, las, blickte in die Röhre, machte einen Ausflug in die Umgebung Chiemsee, Fraueninsel und Salzburg. Sie hatte stets ihren Fotoapparat in der Tasche und knipste das, was interessant war. Die in den Ledernen, die mit Glatze und strammen Waden, aus einer anderen Perspektive, mal von hinten mal von vorne und die Dirndl... „Dass eine Frau sich überall beschäftigen kann, ist nicht selbstverständig", so eines Tages eine Ärztin zu Sophie.

Ab und an traf sie auf die Wirtin im Vorgarten, die froh schien, eine Frau im Haus zu haben. „Wissens, I hob ne Freindin, die heißt auch Maria, ne ganze liebe is des. Die hot an Mon, die is mit dem bei Gericht wegen der Scheidung, verstehns. Stellens sichs vor, was dem einfollen is. Der wollt die wegbringen, in die Anstalt, en ganz normale Frau un en depperter Mon. Jetzt sons getrennt." „Da sind Sie sicher eingeschritten", so Sophie. „Des könnens glauben, Frau, die M a r i a.., stellens sichs vor.., und meiner.., mir son ach getrennt. Der hot geerbt gehobt, der wohnt jetzt do dribben, hinterm Berg. I bin weiter kim und der... nix, wie die Mannsbilder son. Eines Tages wo's mir klor, Janderl, hob I gesogt, do must hin zu dem Mon. Wissens, des wer an olter Bursch, aber klor im Hirn, der hots begriffen gehobt, des mit der Religion und so. Do neben wor der. Der ist jetzt, Gott hob ihn seli, dort droben, aber vorher, do bin I dohin, einmal am Tog, und... der hot me weiterbringt. Mir hom die Schrift gelesen und Tog für Tog, Frau, Sie können's glauben, bin I weiterkim." Sophie staunte, so etwas hatte ihr noch keiner erzählt, sollte sie lachen, weinen, ihr wurde komisch. Sie stand angewurzelt vor der Wirtin als es weiterging: „Und Frau, bevor Sies im Dorf hören von dr Leut, I hob Kirchenverbot, I darf nimmer in die Kirch. Dabei wollt ichs schön machen, I mit meiner Freindin, der Maria. Farb ham mr kauft, mir wollten die Wänd in dr Kirch malen, die grauen Wänd, verstehns, mir hom gestrickt und gehäkelt für den Altar, so Deckchen, guts Seidengarn, neue Figurn wollt I kaufen, neue Heilige, aber dann kam dr Herr Pfarrer und der hot gesogt: „Marianne, das geht nicht, was du hier vorhast, meine Kirche ist und bleibt wie sie ist." „Könnens des begreifen, Frau? I hob net durchblickt. Aber wir hom weitermacht, genau wie der Sepperl, Gott hob ihn seli, gesogt hot. Janderl, hot der immer gesot, los di net vom goten Weg abbringe. Wissens der Herr Pfarrer, der is net von hier, der is aus Hamburg. Stellens sichs vor, aus Hamburg, do gibt's nur andere Leit, net wie hier, deshalb kann I nimmer in die Kirch. Aber mir hom weitermocht, gestrichen und so. Und eines Tags wor die Tür zu, die von der Kirch, un der Herr Pfarrer hot gesogt: „„Marianne, Du hast ab jetzt Kirchenverbot."" I hob dann die Blumen for die Tür von dr Kirch und bin mit dm Rosenkranz drum rum. I wor dann alweis do, verstehns. Aber dann wussten mr net wohin und do sin mir zu dr Kapell, do im Wald, die unten im Tal, wissens. Des wor eben net recht, dem Herrn Pfarrer, da ham mr als geschleppt, die Farb, die Töpf und eins

Togs wor die ach zu. Die is jetzt zu.., auf ewi, nur wenn dr Herr Pfarrer mit Leit kimmt is die auf. Aber I, mi vertreibt der net, I lauf, einmal am Tog, steig I do nab, schleich drum rum un sing un bet I, die Blumen un die Kerz, die kimme alweis for die Tür.""

„Was machen Sie denn jetzt, wenn Sie nicht mehr in die Kirche dürfen, wo gehen Sie denn hin?", fragte Sophia. „I hob an Altar in nem Zimmer in dr Wohnung, wissens, do sing un bet I, un vor nem Jor do bin I no Altötting." „Wo ist denn Altötting", fragte sie. „Des is an die zwohundert Kilometer, ein Weg, verstehns, do bin I hin, einmal am Tog." „Einmal am Tag, vierhundert Kilometer und das jeden Tag?", sie staunte. „Jo, Frau, wissens mei Mon, bevor mr uns hom trennt, da hot der wos onfangen mit aner Jüngeren, die wor auf dem son Geld aus, verstehens, der hot jo geerbt gehobt un der is heut do am Berg, do wohnt der. Dann wor Schluss mit der Jüngeren, wos wollt en die mit dem, an older Mon, verstehns. I, I hob me weiterbringt, aber der... Jo mei, un dann bin I no Altötting, I musst in die Kirch, I hobs nimmer pockt. Mei Mon un die Kinder... Jetz is a Ruh, jetzt bin I alloin. Altötting, do müssens hin, do sans richtig, do könnens hocken, me hots do nr schwer fottbrocht." Sophia wurde das alles zuviel, ihr wurde wieder komisch. „Das tut mir leid für Sie, ich muss gehen. Bis dann Frau Riegl." In der Ferienwohnung legte sie sich aufs Bett. „Arme Frau." Während ihrer Zeit im Tegernseer Tal machte Sophie eines Nachmittags einen Ausflug nach Altötting. Sie traute ihren Augen nicht. Alte Frauen saßen in einer düsteren Kirche, hatten ihr Gesicht mit einem schwarzen Tuch verhüllt, jammerten vor sich hin. Eine Bayerin lag vor dem Altar, küsste den Boden. Sophie hörte: „Mutter, kim endlich, I hol den Doktor, wenn's net kimmst..", eine schon ältere Tochter hatte gesprochen.

Die Tage und Nächte verliefen wie gehabt, nachts kamen die Huren, die Stricher und am Tag hatte Sascha seinen Boy im Büro, wenn er denn anwesend war. „Warum fahren's Ihren Mann auf die Arbeit, do is die BOB, der is in zehn Minuten in München", so die Bayerin und Sophie fuhr eine gute halbe Stunde in der Rushhour. Wenn sie ihn nicht bis zur Tür begleitete, lief er, hatten sie ihn erwischt. Die Schweine. Er brauchte Schutz auf Schritt und Tritt. „Fahr mich, dann komm ich rechtzeitig.., komm mit nach Bayern, damit ich meiner Arbeit nachgehen kann.., ich lauf, wenn sie mich fragen.." In der BOB ging's los. Er ließ sich ansprechen. ‚Warum macht er das?', fragte sie sich. ‚Was ist das?' Einige Jahre brauchte sie, um zu begreifen. Sascha litt an Befehlsautomatie, ein Symptom der Katatonie. Aus dem Grund öffnete er die Tür, ließ Nutten und Stricher ins Haus, aus dem Grund bespritzte er die eigene Frau mit Gift, aus dem Grund war er manipulierbar, ließ sich anmachen. „SIE geben mir ‚Dollmachzeug', ‚Willenlosmachzeug', Tag und Nacht, darum mach ich das." „Nicht erst seit heute machst Du Dinge, die andern nicht in den Sinn kommen, SIE stoßen die Tür auf, eine Tür, die schon offen war.. Armer Sascha, mein dickes Näschen mit dem gebrochenen Flügel..", sagte sie und nahm ihn in den Arm.

Heute war sie in der Ferienwohnung geblieben, sie hatte ihren Mann nicht gefahren. Am Mittag telefonierte sie mit dem Büro: „Frau Knörzinger, ich möchte meinen Mann sprechen, ist er im Büro?" „Warten Sie, er ist gerade gekommen." Der Hörer fiel ihr aus der Hand. Nach zwölf war's, seit neun war Sascha unterwegs. SIE wussten Bescheid, warteten auf ihn am Büro in der Barthstraße, morgens, am Mittag, am Abend. „Du stinkst nach Schnaps, hast Du getrunken?" Sascha war ins Auto gestiegen. „Kann nicht sein.." Das war neu. In Bayern gaben sie ihm Schnaps. Und.. Sascha trank. „Wenn das so weitergeht, wirst Du noch Deinen Job verlieren.." ‚Merkt sein Chef nichts?, wie ist das möglich?', fragte sie sich. ‚Sascha ist dennoch erfolgreich.., ein Phänomen!' „Stell dir vor, was mir heute auf dem Weg zum Büro passiert ist. Ich stieg an der Donnersberger Brücke aus der BOB, plötzlich stand eine gut aussehende Hure vor mir, sie hatte einen Stricher im Schlepptau. Sie kam auf mich zu: „Wie wär's mit uns beiden.., hat sie gesagt, ich kann mir vorstellen, mit dir zu leben! Zur Zeit arbeite ich als Modell, aber wenn wir zusammen leben, verdiene ich so viel, wie ich in meinem Job nie verdienen würde. Bedingung ist, dass du deine Frau nicht wiedersiehst. Hier ist ein Typ, mit dem kannst du es jetzt machen, da ist ein Klo. Und.. Männer kannst du haben, soviel wie du willst. Das lass ich mit mir machen, deine Frau aber siehst Du nie mehr wieder, überleg's dir." „Ich liebe meine Frau! Mit mir ist kein Geschäft zu machen, hau ab, du Nuttenweib!", hat Sascha geantwortet. Als Sophie das hörte dachte sie, ‚DENEN ist nichts heilig, keine Ehe, keine Beziehung.., DIE schrecken vor nichts zurück.' „Die Hure habe ich letzte Woche, als ich nach Frankfurt musste, am Opernplatz wieder gesehen, Sophia. Sie war in Begleitung. Ein älterer, gut gekleideter Mann war an ihrer Seite." „Hast Du's Dir überlegt, die Sache mit mir und so?" „Kommt nicht in Frage, mit mir ist kein Geschäft zu machen, sagte ich dir bereits." Ein paar Tage später wartete Sophie im Münchner Haupt-Bahnhof auf ihren Mann, sie wollten nach Hause, der Zug fuhr in einer Stunde. Eine gutaussehende Frau in Begleitung musterte Sophie, sie blieb vor ihr stehen. „Komm...", sagte der Mann an ihrer Seite.

Ihr war manchmal, als würde sie den Verstand verlieren, sie saß im falschen Film, das konnte es doch alles nicht mehr geben... Nachts wachte sie auf, wenn die schwere Tür des Balkons wieder verschlossen wurde, sie stand auf, war wütend und lief ins Wohnzimmer. „Waren SIE wieder da?" „Nein, waren SIE nicht..", wollte ihr Mann sie beruhigen. „Ich hab die knarrende Balkontür gehört." „Ja, SIE waren da, ein Stricher mit einer Hure, SIE haben mich vergewaltigt." „Hört die Scheiße denn nie auf." Sophie schrie in die stille Nacht hinaus, zwei Uhr. Die Bayerin stand auf dem Flur vor ihrer Wohnung, lauschte. „I brauch kein Fernseh, wos I obends hör und seh, des is so interessant, des gibt's in keinem Film. Meine Katzen sind's.., verstehens, Frau." Sophie verstand. Frau Riegl und ihre Katze Lilly, die wie ein streunendes Vieh in der Gegend umher lief und zweimal im Jahr Junge bekam. „Der muss mr auch die Freid lasse, un die Jungen wissens, die sons alweis so net und putzig." Die Kleinen verkaufte Frau Riegl an fremde Leute. Eines Tages brachten sie ihr ein Kätzchen zurück, ein Idiot hatte es gegen die Wand geschmissen, es drehte sich fortwährend im Kreis, wurde eingeschläfert. „Ihre Lilly ist eine Gebärmaschine, das geht nicht, seit dem wir in Ihrem Haus wohnen hat sie fünfzehn Junge bekommen, wir wohnen jetzt eineinhalb Jahre bei Ihnen." „Die Klonen sons doch so net.." Die Wirtin schaute mit großen Augen. „Ich sag's Ihnen noch mal, das geht nicht, Sie müssen besser auf Ihre Lilly aufpassen, ich informier den Tierschutz." Die Bayerin hatte verstanden, zog ihre Schultern zurück, bäumte sich auf, schaute grimmig und schrie: „Sie, Sie passens auf, in dr Zeitung stonds.., en jungs Weibsbild un en older Mon... Die Frau hatte einen Autounfall und wurde in einem weißen Sarg beerdigt mit weißen Rosen. Und DAS!.. geht weiter, auf ewi.., I sogs Ihnen." Die Zeit zog ins Land, alle vierzehn

Tage gings heim. Bayern ist schön, die Berge, die Seen, die Städte, die Schweinshaxen, die Knödel, das Bier, alles ok, keine Frage und die Leute? Auch nett, aber anders. Sophie und die Wirtin, ihre Wege kreuzten sich immer wieder. „Frau, I muss es Ihnen heut sogen, I hob gependelt, wissens des mit der Nadel und dem Faden." „Das kenn ich, hab ich auch schon gemacht", antwortete Sophie. „Jo, do wissens, wovon I red. I hobs befrogt des Pendel, des mit Ihrem Mon, un I muss sogen, des Pendel hots gesogt. Des mit Ihrem Mon, des is net recht, des Pendel hots gezeigt.., mit dem.. nee.., un Sie.., na ja, Sie sons.., is schon recht, aber Ihr Mon, des passt net." „Gut, Frau Riegl, ich muss weiter." „I hob noch was zum Sogen. I interessier me fr die Ding, fr die Natur, die Kreiter.." „Ich mich auch..", Sophie war in der Ferienwohnung verschwunden, hatte die Frau stehen gelassen.

„Man, sind die schön..", Sascha hatte seiner Sophia eines Samstags in der Stadt beim Oberpollinger echte Perlohrringe gekauft, seine Frau hütete dieses Juwel wie ihren Augapfel. Sie war stolz, ein solches Paar zu besitzen. Abends legte sie diese in ihr venezianisches Schälchen, welches sie auf Reisen in ihrer Tasche mit sich führte. „Diese Ohrringe dürfen nicht mit Wasser oder Haarspray benetzt werden, das vertragen sie nicht", hatte die Verkäuferin gesagt. Eines Morgens öffnete sie ihr Kästchen, sie wollte sich mit dem Geschmeide schmücken, schaute, schaute noch mal, die Perlohrringe waren verschwunden. Sie traute ihren Augen nicht. ‚Wie das?', fragte sie sich. Sascha war bereits im Büro. Sophie hörte Frau Riegl draußen vor der Tür, die mit den Mülltonnen beschäftigt war. Es war Sommer und heiß. Die Bayerin trennte den Müll streng nach Vorschrift. Blaue, gelbe, grüne Tonne und.. die für den Restmüll. Ihren Bio-Kram entsorgte die gute Frau in der grünen Tonne, das hatte zur Folge, dass bei der Hitze weiße Maden um die Tonne krabbelten, direkt vor der Haustür ihrer Ferienwohnung. Sophia wurde wütend. Sie lief schnell ins Klo, stieg auf die Brille, öffnete das kleine Fenster als Frau Riegl sagte: „Ah, do sans." „Jo, do bin I.." antwortete Sophie. „Und.. was ich Ihnen sage, wenn meine Ohrringe, die Perlen, nicht bis morgen früh wieder in meinem Kästchen sind.., dann können's was erleben." Die Bayerin war entsetzt, stand entgeistert da, wollte gerade einen heimischen Wortschwall über Sophie ergießen als diese fortfuhr: „Redens keinen Schmarren, I hol die

Polizei, die stell ich Ihnen vor die Pension, die soll in Bayern recht gut sein und auch Ihr Innenminister, der bringt's…" Sie hatte genug, knallte das Klofenster zu, stieg von der Toilette und ließ die sprachlose Frau vor dem Fenster stehen. Sie hörte die Wirtin murmeln: „Die Polizei, vor meiner Pänsion.., der Innenminister.., mein Ruf…" Abends, nachdem sie Sascha vom Büro abgeholt hatte, schaute sie in ihr Kästchen, erblickte die Ohrringe. ‚Also, es geht doch..‘, sprach sie zu sich. Sophies Verhältnis zu Frau Riegl war seit dem Vorfall mit den Ohrringen betrübt, was die Wirtin dazu veranlasste, ihre stämmige Figur mit einer weißen Hose zu bekleiden und ihr ausladendes Hinterteil zu zeigen. In der Früh, wenn sie frühstückten, stand Frau Riegl zwei Meter entfernt vor ihrem Küchenfenster, beugte sich und streckte es ihnen entgegen. ‚Janderls Morgengruß‘, dachte sie. Hier schlagen die Uhren doch anders. Das bestätigte ihnen in dieser Zeit eine jüngere Taxifahrerin: „„Ja, hier können's noch was erleben, das mit den Mannsleut. Nachts hab ich einen gefahren, der meinte: „I brauch jetzt was Jungs, meine is zu old, fahrns me dohin, wos die gibt..“ Darauf die Fahrerin: „Haben Sie schon mal in den Spiegel geguckt, wie Sie ausschaun, dann fahr ich Sie jetzt ins Altenheim, du Depp du...““ Es kam zur Anzeige. „Aber wissens, die Gerichte verhandeln solche Sachen heutzutage nicht mehr, es sind zu viele. Die Leut auf dem Dorf streiten immer, das ist hier gang und gebe..“, so die Taxifahrerin. Die Anzeige wurde eingestellt. ‚Interessant‘, dachte Sophie, ‚was hier noch abgeht... da sind wir im Rheinland schon weiter.‘

Der schwarze König war allzeit anwesend, er herrschte über Stadt und Land und in Bayern war er ebenfalls präsent. Sophie verfolgten Autos mit dem Code: ‚Wi-K, 992‘ hieß, ihr habt nicht gewonnen, M-Jd, 112: Marie ist eine Jüdin und SG-PC, 112, der schwarze König wird siegen. Sie lernte IHRE Geheimsprache, die sich aus Buchstaben und Zahlen zusammensetzt und verstand, dass mittels Autokennzeichen Botschaften zu übermitteln sind, eine andere Art der Kommunikation.

Der Herbst war dem Winter gewichen, hoher Schnee lag vor der Haustür, die Temperaturen waren auf minus zwanzig Grad am Tag gesunken. Die Wintertage im Tegernseer Tal waren einsam und lang. „Du musst heute mit der BOB fahren, schau mal raus, es hat geschneit." Seit den frühen Morgenstunden hörte Sophie wie Frau Riegl sich bemühte, Herr über die Schneemassen zu werden. „Jo mei, des hob I noch nie erlebt, schauns den Schnee", die Wirtin zum Nachbarn. „Ciao, Sophia, machs gut, ich bin weg." Sie hatte ihren Mann zur Haustür gebracht, er hatte ihr einen Kuss auf die Wange gedrückt und war auf und davon. ‚Und jetzt?', fragte sie sich, ein langer Tag lag vor ihr. Autofahren war aufgrund der Sommerreifen nicht möglich. Sie waren gestern im Dorf auf der vereisten Fahrbahn über die Kreuzung geschlittert... Gegen Mittag wollte sie in den Supermarkt. Schreiben und fernsehen waren angesagt, elf Stunden, bis Sascha wieder am Horizont erschien. „Hol mich heute Abend von der BOB ab, kurz vor acht, freu mich, wenn du da stehst." „Mach ich." Als Sophie mittags aus der Haustür trat, stiefelte sie durch tiefen Schnee, eiskalter Wind blies ihr ins Gesicht. Sie traute ihren Augen nicht, der Schnee türmte sich meterhoch an der Straßenseite und... es schneite immer noch. „Dieser Winter ist ein Erlebnis, daran werden wir uns noch Jahre später in der Heimat erinnern, das gibt's bei uns nicht...", hatte Sascha gestern Abend gesagt. Sie hatte Mühe, in den Supermarkt zu kommen. Weit und breit weiß-bedeckte Häuser, rauchende Schornsteine und in der Ferne beschien die Sonne einen vereisten Berg. ‚Wunderschön, diese Winterlandschaft, kleine Eiszapfen schmücken die kahlen Äste, die wie blitzende Diamanten in der Sonne funkeln.' Sophie hatte das Geschäft erreicht, streifte den Matsch von ihren Stiefeln als sie eine Verkäuferin ansprach: „Sie sons bei der Frau Riegl?" „Ja, sagen Sie mal, was ist mit der Frau los..?", fragte Sophie. „Jo, des is schlimm, seit ein paar Jahren is die nimmer so, un des wor so ne nette.." Sie hatte verstanden, erledigte ihren Einkauf und ging wieder hinaus in die Kälte. Langsam wurde es wieder dunkel. Die Nächte im Winter waren lang und die Tage einsam und kalt, besonders in Bayern. Das Ende ihrer Zeit im Tegernseer Tal war gekommen. Eines Tages sollten Sascha und Sophie die Ferienwohnung im Keller beziehen. ‚Wer zieht schon gern in den Keller und krabbelt aus einem Erdloch?', fragte sie sich. Sie dachte an die Gäste aus Ungarn, ein Mann mit seiner jungen Freundin, die sieben Nächte in der

Wohnung im Untergeschoß gelebt hatten. Jede Nacht ging's bei denen zur Sache. Nach dem Liebesgestöhne zu urteilen, folgte ein Orgasmus auf den andern. ‚Muss der Typ potent sein..‘, dachte Sophie. Und morgens, wenn sie mit ihrem Mann das Haus verließ, stank es so sehr nach Knoblauch, dass Frau Riegl eine Kerze im Flur aufstellte, um die die Gardine wehte. „Sie brennen noch ihr eigenes Gehöft ab, passens auf Frau Riegl.“ „Wegen dem Gestank, wissens, die Leut riechen so, die essen immer Knoblauch.“ Jetzt sollten sie in die Kellerwohnung? „Do kimmen neue Gäst, die kimmen schon auf ewi und Sie, wenns wegson, sons weg, aber die kimmen, jeds Jor, un immer in die Wohnung, die Sie hom. I verlier mein Ruf, wenn I des net moch.“ „Aber wir sind doch Dauermieter, unsere Miete haben Sie monatlich und die Gäste kommen einmal im Jahr“, erwiderte sie. „Frau, des verstehns net, die wollen die Wohnung, die wo Sie son, Sie müssens runter, dann können wieder aufi, wenn die wegson, in drei Woch.“ Aus dem Grund waren sie schon dreimal rauf und runter gezogen und im Herbst mussten sie für ein Wochenende ein anderes Quartier im Ort beziehen. Die Wirtin dort hatte ihnen sofort erklärt. „Am Sonntag um achte in dr Fri sons weg, I muss in die Kirch, verstehns me?“ Und bei der Frau Riegl gings wieder los, mit dem Gepäck runter und wieder rauf, die Schränke aus- und einräumen. Sophie hatte keine Lust mehr und auch Sascha war der Meinung, dass es doch möglich sein müsste, eine andere Wohnung, eine in der Nähe des Büros zu finden. Sophie begab sich auf die Suche.

In einer Zeitung für Mitwohnsachen wurde sie fündig. Eine Wohnung in Schwabing in einem Mehrfamilienhaus wurde inseriert. Sie besichtigte die Wohnung, betrat den kleinen Balkon.., das war's auch nicht. Dem Nachbarn von nebenan konnte Sophie in die Augen blicken, so dicht standen die Häuser. ‚Mist.. und die Luft in der Stadt, schrecklich. Eine Bleibe oberhalb von München, das wär's‘, dachte sie. Sie hatte Glück. Die Annonce führte sie in einen noblen Wohnort. Plötzlich stand sie vor einem herrschaftlichen Haus und klingelte. Ein Hausmädchen öffnete die Tür als die Dame des Hauses erschien. „Ich komme wegen der Wohnung.“. Die Frau zeigte Sophie die Zimmer und kam mit ihr überein dass, wenn Sascha zustimmen würde, sie die Wohnung nehmen wollten. „Wir begrüßen ruhige Mieter..“, sagte sie und reichte ihr die

Hand. „Da stimme ich mit Ihnen überein.", war Sophies Antwort. Eine Woche später bezogen sie ihr neues Quartier, nahe der Isar, am Waldrand gelegen, umgeben von luxuriösen Villen. Wohn- und Schlafzimmer mit Bad und Kochgelegenheit, ihr neues Heim. Der fehlende Balkon wurde durch einen nahe gelegenen Biergarten ersetzt, in drei Minuten waren sie in den Isarauen. „Wir werden Fahrräder kaufen, die brauchen wir hier, dann sind wir schnell in der City, im Englischen Garten und ich kann mit dem Rad ins Büro", sagte Sascha. ‚Es wird doch!'.., dachte Sophie, aber... sie waren schon vor Ort, die Verfolger, die Schweine, die ihnen das Leben zur Hölle machten. Die Vermieter waren mit von der Partie, alles wie gehabt. „Das wird unserem Spezie teuer gekommen sein, hier sind andere Preise angesagt als bei der Frau Riegl", sagte seine Frau. „Der zahlt das aus seiner Kaffeekasse...", so Sascha. Sophie fühlte sich in der neuen Umgebung heimisch, aber: ‚Am Freitag geht's wieder heim', sprach sie zu sich. Die Vermieter zeigten dem Paar sofort die Grenzen. Erlaubt war bis zur eigenen Eingangstür, keinen Schritt weiter. „Suchen Sie etwas, können wir helfen?", hieß es dann. Das große Haus besaß mehrere Eingangstüren, einen Park mit Pool. Bedienstete. „In einer kleinen Ecke im Garten zwei Stühle platzieren, das wär's in der Hitze?, ob wir dürfen?" „Frag mal, Sophie.." „Es ist Sommer, wir haben keinen Balkon und unterm Dach ist's sehr heiß, wie Sie wissen." „Das müssen wir uns überlegen." Sechs Wochen später hieß es: „Sie dringen in unsere Privatsphäre ein, das geht nicht." „Ich hab's Dir doch gesagt, diese Wohngegend..., da passen wir nicht hin", so Sascha zu seiner Frau. „Bei der Frau Riegl war das anders, aber hier." „Das war auch die Frau Riegl", antwortete ihr Mann. „Hier weht der Wind nicht so stürmisch über die Dächer wie im Tegernseer Tal, Sascha...", sie irrte. Zwischenmenschliche Auseinandersetzungen wurden außergewöhnlich geregelt. Ein Plastikbeutel mit Exkrementen im Briefkasten, kam vor. Zerbrochene Bierflaschen an der Häuserwand, weil der Nachbar verärgert war, passierte. „Wir wohnen doch hier in einem noblen Vorort?", sie schaute ihren Mann fragend an. „Das ist es ja...", war die Antwort. ‚In zwei Tagen ist wieder Freitag, dann geht's wieder heim...', beruhigte sie sich. Um nachts Ruhe vor Strichern und Nutten zu haben, hatte Sascha vor den Fenstern ein Brett angebracht, die Bretter hatte er in einer Holzhandlung anfertigen lassen. Seine Verriegelung im Schlafzimmer besaß ein zusätzliches Zahlenschloss, eine sichere Sache! So hatten sie sich im Tegernseer Tal geschützt, in München sollte es ebenso sein. ‚Der zweite Stock ist ein garantierter Schutz vor unseren Verfolgern‘, dachte Sophia. ‚Und die Bretter werden ihr Zusätzliches tun.‘ Jeden Abend zur Nachtzeit, wenn ihr Mann ins Bett ging, wurde Saschas Fenster verriegelt, seine Tür verschlossen, die Wohnungstür gesichert. Das hatte das Paar vereinbart. „Du musst mich und uns schützen, Sophia, Du weißt, wie krank ich bin..“ sprach er stets. Die erste Nacht hatten sie störungsfrei in der neuen Wohnung verbracht, Sascha schlief im Schlafzimmer, seine Frau im Wohnzimmer. In der zweiten Nacht hatten die Verbrecher ihn dazu gebracht, das Zahlenschloss zu öffnen und damit das Fenster. „Wie das?“, fragte seine Frau. „Das geht Sophia, ich öffne mittlerweile jedes Zahlenschloss und normale Schlösser sind überhaupt kein Problem.“ „Ich fass es nicht, wir wohnen jetzt im zweiten Stock, nebenan schlafen Herr und Frau Kronenberg, wie kann das sein?“ „„Die Kronenbergs machen mit, zu denen werden sie gesagt haben: „Ihr habt doch die Kinder!“ Und die Zuhälter.., die stehen plötzlich vor meinem Fenster.““ „Im zweiten Stock, auf dem Dach? Ich glaub‘s nicht mehr. Wie kommen sie rein?“, fragte Sophie verwundert. „Öffne das Schloss, befehlen sie mir. Ich öffne.., schon sind sie drin..“ „Und dann?“, fragte sie. „Die Typen vergewaltigen mich und geben mir Gift.“ „Ich fass es nicht, ich werd noch wahnsinnig... Sind die denn alle schwul?“, fragte seine Frau. „Nö, manchmal nehmen sie einen Dildo, dann passiert‘s mit dem.., und dann sind sie wieder aus dem Fenster. Ich verschließ alles, bring das Brett an, das Zahlenschloss, schlaf weiter.“ Seine Frau war sprachlos, schnappte nach Luft. „Wieder die Scheiße und jetzt, wie soll‘s weitergehn?“, fragte sie. „Die müssen weg, weg müssen die und ich brauch endlich die Medizin, damit ich normal werde“, sagte ihr Mann. „Normal?, sei froh, wenn du symptomfrei wirst, das reicht.“ Sie waren in dem bayerischen Wirtshaus an der Ecke eingekehrt, der Hunger war ihr vergangen, das Bier schmeckte, es beruhigte, machte schläfrig. Sie überlegte: ‚Wie kann ich uns helfen, Sascha helfen, er braucht seine Medikamente, er muss symptomfrei werden, einsichtig, so geht es nicht weiter, SIE machen mit ihm was SIE wollen. Man.., ist das eine Krankheit‘, sagte sie sich. ‚Sie führt nicht zum Tod, die Seele stirbt, der Körper lebt.‘ Sophie stöberte wiedermal in Büchern für alternative Medizin, für konservative Medizin, forschte im Internet, bastelte an einem Heilplan, Vitamine, Niacin,

Fischöl, Neuroleptika, so müsste es gehen. Endlich fand sie eine Ärztin, die verschrieb. Vor Jahren wollten sie nicht verschreiben, die andern. „Nehmen Sie einen Heiltee, Johanniskraut..", so ein Arzt zu ihrem Mann. ‚Du Idiot..‘, dachte Sophie. ‚Wie kann man nur, warum hilft keiner?‘ Plötzlich wendete sich das Blatt. Sascha nahm die von einer Ärztin verschriebenen Neuroleptika, wurde einsichtiger, ging nicht mehr an Sophies Tasche, entwendete keine Sachen, die er weg schmiss, Tabletten, die er in den Ausguss warf. Er redete über die schweren Belästigungen, sah die Dinge klarer und ihre Ehe besserte sich. „Das, was zuerst da war, verschwindet zuerst, dann verschwindet das andere", so eine andere Ärztin, die zehnte?. Sie hatte versucht, ihn medikamentös umzustellen, ‚damit‘s noch besser wird...‘ Resultat: Ein schwerer Rückfall ereignete sich binnen zwei Wochen. Sascha arbeitete nicht mehr, wurde aggressiv, lag Tag und Nacht auf dem Sofa, verstellte den Fernseher, der plötzlich nicht mehr lief und machte sich an der Kamera zu schaffen. Ergebnis: Hunderte Fotos fehlten, die gerettet werden konnten. „Sie müssen meinen Mann wieder umstellen, er verträgt die Neuroleptika nicht...", forderte Sophie die Ärztin auf, die mit großen Augen schaute. „Warum machen Sie das denn alles, Herr Schwarzenbach.., warum sind Sie so aggressiv?" Keine Reaktion. „Er verträgt die Mittel nicht, verstehen Sie?", sagte seine Frau. „Das kann nicht sein...", so die Ärztin. „Doch, das ist so! Entweder Sie stellen ihn jetzt wieder um oder... wir sind weg." „Nein!", war die Antwort aus berufenem Mund. „Komm Sascha, die kann‘s nicht, wir gehen jetzt und... bleiben bei dem alten Mittel, welches dir geholfen hat." Die Ärztin guckte verdutzt, das hatte sie noch nicht erlebt. Sophie stand auf, nahm den Arm ihres Mannes, zog ihn vom Stuhl und schob ihn aus der Tür. „Die sehen uns hier nicht mehr wieder, hast du verstanden, Sascha.., das mach ich nicht mit.., die bringt dich ja noch um den allerletzten Rest.., das, was an Verstand übrig geblieben ist. „Wenn du meinst, Sophia..." ‚Man, ist das eine Krankheit, Denken, Fühlen und Handeln.., nichts funktioniert und dann so eine Frau.. wie die Ärztin.‘ Abends las sie den Beipackzettel, da hieß es: „Bei Zwangsstörungen ist das Mittel kontraindiziert!" Und... Sascha litt an schweren Zwängen.

Mit den Leuten in dem etwas anderen Bundesland war es nicht leicht, in Kontakt zu kommen. Im Büro gab's keine Probleme, Saschas Kollegen waren aufgeschlossen, kommunikativ. ‚Die kommen nicht aus der hiesigen Region..‘, sagte sich seine Frau. In der Heimat war sie mit einer Bayerin in einer Arztpraxis ins Gespräch gekommen: „Ich bin froh, im Rheinland verheiratet zu sein, hier sind sie, was das Mann/Frau-Verhältnis betrifft, weiter, aber bei uns..“ „Sie sprechen mir aus dem Herzen, mit dem Problem habe ich zur Zeit zu kämpfen. In einer Bäckerei in Schwabing hieß es: „Was folts Ihnen ein, I bin dran...“, der ältere Mann sprach mit hoch rotem Kopf. „Nun regen Sie sich doch nicht so auf, Sie bekommen noch einen Herzinfarkt und das... wegen zwei Brötchen!‘, war meine Antwort. Die Bayerin lachte. „Der einzig umgängliche Mensch in unserer Nachbarschaft, der freundlich zu uns ist, wohnt vis à vis, ein Homo“, fügte Sophie hinzu. Eines Sonntagsmorgens in der Früh rief Sascha: „Sophie, komm ans Fenster, schau den Mann von gegenüber, er holt gerade seine Zeitung aus dem Briefkasten.“ Der Nachbar, vom Liebestaumel beseelt, trug eine rosa Perücke, einen rosa Bademantel und stolzierte mit Pantöffelchen daher. „Er kümmert sich um seine neunzig jährige Mutter, die über ihm wohnt, sie sieht nicht mehr und hört schlecht“, sagte Sascha. „Der Mann hat Besuch..“, sprach seine Frau, „der hat uns doch neulich sein Haus gezeigt, sein Schlafzimmer, über seinem Bett hing ein männlicher Akt. Der ist vom andern Ufer, was soll's. Zu Sylvester ging's bei dem heiß her, da hat der ne Party gefeiert und sich für diesen Zweck ein halbes dutzend Stricher bestellt, die standen vor seiner Tür als wir vom Italiener kamen, erinnerst Du Dich?“ „Nee,..“ Sascha hatte mit seinem Erinnerungsvermögen eh Schwierigkeit. Wenn Sophie den Nachbarn in der City traf, fragte er stets freundlich: „Wie geht's Ihnen, Ihrem Mann?“ ‚Wenigstens einer, der hier im Ausland sich mal nach uns erkundigt‘, sie war freudig überrascht.

Sascha war mit seinem Büro von der Barthstraße nach Schwabing gezogen. „Hier gibt's die Cafés..“, ließ er seine Frau wissen. Das waren die Orte, an denen er auf Stricher und Nutten traf. „Da musst du hin, die warten da auf dich..“, das hatten die Zuhälter ihm befohlen, und.., er lief. Sein Büro lag zu ebener Erde, nachmittags gegen drei spazierte eine Hure im Hof, vor seinem Fenster, verlebte Weiber, die er, wenn's passte, ins Haus ließ und mit denen er auf der Toilette verschwand. „Du musst mich auch nachmittags besuchen.., Sophia, komm, es ist wieder schlimm, ich brauch dich...“, bat ihr Mann. „Wir werden einen Wohnwagen kaufen, den stellen wir in den Bürohof, dann bin ich immer präsent“, war ihre Antwort. „Dass dich noch keiner erwischt hat.., ich glaub‘s nicht mehr!“ Am Wochenende in Köln kam‘s aus ihm heraus: „Ich leb in einer Scheißsituation, ich mach viel Scheiß und lass unendliche Scheiße an mich heran! Manchmal hasse ich mich selbst, hasse die Krankheit und hasse das, womit ich unsere Ehe belaste. Will normal sein, normal leben und das mit dir.“ Sophie seufzte tief: ‚Wo ein Wille, da ein Weg‘, dachte sie. ‚Aber.., da war die Befehlsautomatie.., die Verfolger, da war ER. Eine Trennung kam nicht in Frage. Was würde aus ihnen werden? Sie waren verloren. Jeder für sich und allein? Geht nicht. Augen zu und durch!‘

Es sollte schlimmer kommen. Morgens und abends chauffierte sie Sascha ins Büro. Seit ein paar Tagen beobachtete Sophie, dass eine junge Frau und ein junger Mann sich im Hof des Bürogeländes tummelten. ‚Die arbeiten nicht hier, so wie die sich benehmen, wie die ausschaun. Kleid mit Ausschnitt, der Brustansatz ist zu sehen. Das könnte eine Nutte sein, ging es ihr durch den Kopf. Aber.., wo ist der Puff?‘ fragte sie sich. Ein Puff der besonderen Art hatten SIE in einem der Mietshäuser in Schwabing eingerichtet. Eine Minute von Saschas Büro entfernt, um die Ecke. Sie beobachtete, dass sich sein Zustand verschlimmerte. Wenn sie ihren Mann fragte: „Was ist los, haben SIE eine neue Strategie?“, erhielt sie die Antwort: „Nein, es ist nichts, ich weiß nicht was du hast.“ „Heute ist Sonntag, wir sind zu Hause, setz‘ dich hin und schreib alles auf.“ Er wollte nicht recht, sie sagte noch mal: „Geh endlich ins Office, setz dich an den Schreibtisch und tipp in die Maschine, schreibs dir von der Seele.“ Er verschwand im Büro, knallte die Tür, trat dagegen, hämmerte es sich aus dem Kopf, das, was sie schon lange ahnte. Seit Wochen verabreichten sie ihm wieder Drogen, machten ihn willig, damit er lief. Von jetzt ab lief er täglich, mehrmals, nicht ins Café, nicht ins Ristorante, er lief ins eigen für ihn eingerichtete Puff. Zwei Zuhälter hatten ihn mittags in den fünften Stock geschleppt: „Jetzt weißt du, wo du hin musst. Und du kommst..“ Dicke, fette Weiber aus dem Osten hatten SIE aufgetan, das Highlight war eine Liliputaner-Hure, mehr breit wie hoch, 1.35 m, fettleibig, keine Nase, zwei winzige Löcher und stumpfsinnig... Sie alle vergingen sich an ihrem Mann. Stricher, Nutten, wie's gerade kam. „Ich muss mich übergeben, wenn ich die seh. Neulich hab ich IHNEN auf den Teppich gekotzt, der war am andern Tag verschwunden." Sophie überlegte: ‚Ihr Mann hatte ein rund um die Uhr ‚Sechs-Mal-Programm', stolze Leistung. Tag und Nacht. Lang steht der das nicht mehr durch, so wie der ausschaut.' Der nette türkische Cafébesitzer im Viertel, der Sophie abends die Tüte mit schmackhaften Teilchen füllte, gratis, hatte sie gefragt: „Was ist mit deinem Mann, der schaut schlecht aus, ist er krank? Der geht sicher bald in Rente und du?.., bist doch noch jung, was machst du dann mit dem?" „Och..", hatte sie geantwortet: „Ich muss gehen, bin verabredet, komm morgen wieder..." und war aus dem Geschäft gelaufen.

‚Wo bleibst du?', fragte sie sich. Sie besorgte es sich selbst oder besuchte das Gasthaus neben dem Dom. Das ist nicht das Gelbe vom Ei, deswegen hatten sie nicht geheiratet. Das Paar war einer Meinung. „Die müssen weg, Sophia, damit wir normal leben können." Sie wollten ihre Ruhe haben und ER... ließ sie nicht zur Ruhe kommen. Küsschen ja, kuscheln, das war's... „Ich fass es nicht, was hat DER denn schon zu sagen, DIE spinnen, sind total bekloppt, gehören seit Jahrzehnten in die Irrenanstalt und dann das viele Geld und die Möglichkeiten, die DIE haben, die wahre Hölle...", so Saschas Frau. Morgens in der Früh, gehörte Sascha ihr, war er Sophies Mann. Sie frühstückten, stiegen wieder ins Bett und kuschelten. Abends, wenn sie ihn abholte, waren sie wieder zusammen, die Misshandlungen hörten auf, für drei, vier Stunden war Pause. Sie fuhren zu den wunderschönen bayerischen Seen, den kleinen Orten, aßen Brotzeit, tranken Bier, alles so wie es sein sollte aber.., alles war anders.. „Schrecklich, die Sache mit uns, Deine Befehlsautomatie macht uns das Leben zur Hölle. Du hast vor Jahren die Tür verwechselt als wir geheiratet haben. Was sollte das?... und ich hatte von alldem keine Ahnung, sonst wäre ich doch nicht mit dir dahin", sie schrie ihr Elend heraus, zum wievielten Mal?! „Ich dachte doch, dass ich das könnte, eine Ehe führen und so, ich will das doch so sehr... Ich muss gesund werden, dann wird alles gut", erwiderte ihr Mann. „Gesund wirst du nie, sei froh, wenn wir die Schweine vom Hals haben, die ohne Ende!"
Seit ein paar Wochen blutete Sascha, wenn er morgens seine Sitzung hielt. Die

Toilettenschüssel war voller Blut. ‚Wie das?', fragte sich Sophie. „Du musst zum Arzt, da stimmt was nicht." In der darauffolgenden Woche wurde ein Eingriff vorgenommen, ein Arzt für Darmkrankheiten entfernte ihm mehrere Polypen. „Woher kommen die..?", fragte seine Frau. „Die stochern doch mit einem Dildo in deinem Po rum, vielleicht daher?" „Kann sein..", war seine Antwort. Am Tag des Eingriffs hatte sie ihren Mann zur Praxis gebracht. „In zwei Stunden können sie ihn wieder abholen", so die Krankenschwester. „Ihr Mann muss heute zu Hause bleiben und sich ausruhen." Als sie ihn abholte, saßen im Warteraum zwei hässliche, kleine Häschen, die einen Pullover mit Ausschnitt trugen, einfältige Gesichter, Dick und Doof. ‚Was wollen die denn hier?', fragte sie sich. ‚Das ist eine Praxis für Männer!' Die Nutten wurden geschickt, waren präsent. Am andern Tag ging Sascha wieder ins Büro, um die Mittagszeit lief er ins Puff und traf auf den Kloß, einen unförmigen Klumpen Matsch, die Liliputaner-Hure, das Sondermodell. „Den brauchen SIE für Extremfälle..", so Sascha zu seiner Frau. „Wie soll ich das verstehen?" ‚Sex und Extremfälle, wo gibt es das denn?, Sex soll doch schön sein, harmonisch und... mit einem Mann und das... gibt's nur im Kino, dumme Kuh!°', sprach sie zu sich. Sophie träumte vor sich hin, hörte ihren Mann von Ferne sagen: „Der Kloß ist für Sadisten, das sind Menschen, die quälen andere, damit ihnen einer abgeht." „Wie bitte..? Das habe ich noch nie gehört..." „Doch, so was gibt's. Der Körper der Nutte ist mit Narben übersät, vermutlich haben Schweine Zigaretten auf ihm ausgedrückt und an ihrem kleinen Busen haben sie sich ebenfalls vergangen, der existiert nur zur Hälfte." „Pfui,.." Sie drehte sich angewidert um. „Hör auf, mir wird schlecht." „Das Wesen im Puff ist nicht zurechnungsfähig, wird vermutlich gefangen gehalten und kommt aus dem Osten, sie spricht einen osteuropäischen Akzent und sagt nur das, was man ihr aufträgt..", sprach Sascha weiter. ‚Wo haben SIE die denn aufgetan?', fragte sich Sophie. „Um Gotteswillen.., was ist hier los, wir müssen weg, weg müssen wir. Wir müssen uns retten, Sascha, du brauchst ein Home-Office, damit du von Köln aus arbeiten kannst, von zu Hause. Das geht nicht so weiter. Du wirst alles verlieren deinen Verstand, deinen Job und vielleicht noch mich..? Die Sache mit dem Home-Office müsste klappen, das machen andere auch, das ist heute mit der digitalen Welt kein Problem mehr, jeder ist mit jedem vernetzt. Sprich mit deinem Chef, lass dir was einfallen, warum du weg willst, so geht's auf jeden Fall nicht weiter. Deine Krankheit ist zu schlimm, das nutzen SIE. Du bist kein normaler Arbeitnehmer, der ins Büro geht und seiner Arbeit nachkommt, verstehst du..?" „Ich seh's ein, Sophie, du hast recht, wir müssen weg." Zwei Wochen später: Sascha und sein Chef trafen sich beim Italiener, er fragte ihn: „Ist es möglich?..." and last not least, das Home-Office war gebongt. „Das ist unsere Rettung. Es wird wunderschön werden, traumhaft, wenn wir wieder zu Hause sind, nur einmal im Monat München mit dem Flieger, morgens hin, abends zurück." Sie dachte liebevoll an ihre wunderschöne Wohnung, den kleinen Vorort von Köln, an den Spanier, den Italiener, den alten Friedhof, auf dem sie sich als Kind mit andern tummelte, endlich wieder zu Hause, in der Heimat, das war's.. Ihre katastrophale Situation in der Fremde würde ein für allemal beendet sein, was wollten DIE denn in Köln?.., nach vielen Jahren der vergeblichen Bemühungen, davon war Sophie überzeugt, jetzt war Schluss, es war aus! Bis zur ‚Vertreibung aus München' ging's weiter... heiter bis tödlich...

Ein lauer Sommerabend war's, Sascha und Sophie saßen am Starnberger See. Sophie schaute verträumt in die Ferne, bewunderte das Bergpanorama wie langsam die Sonne hinter den Bergen verschwand. Sie aßen eine bayerische Brotzeit, tranken ein Helles, als es aus ihrem Mann herausprudelte: „Heute hat's der Kloß gesagt, heute Mittag, der Kloß, Sophie, der Kloß.., stell dir vor.., das soll meine Tochter sein, er hat's gesagt: „„Du bist mein Vater, ich bin deine Tochter, meine Mutter ist tot..""", dabei hatten SIE den Song drauf ‚So ein Tag, so wunderschön wie heute..', und die langen Zuhälter standen nebendran." Sophie schaute ihren Mann verwundert an, schluckte, überlegte: „Das ist eine Wahnsinnsschote, die gehört in die Bildzeitung, aufs Titelbild, du mit dem Kloß auf dem Schoß, beide nackt.., das steigert die Quote.. ‚Ekel en gros'. Ich fass es nicht, was DENEN einfällt, genial, allein nur fehlt der Glaube." „Nein, das ist auch nicht so, bestimmt nicht, ich bin zwar wild durch die Betten gehüpft, aber dass ich ein Monster produziert haben soll, das glaube selbst ich nicht." Sophie glaubte ihrem Mann, sie hatte schon einiges gehört, seitdem die schweren Belästigungen an der Tages- und Nachtordnung waren, aber die Story vom Kloß, die ist sagenhaft, das gibt's nicht, wer die wohl erfunden hat?, fragte sie sich. ER kommt auf solche Ideen, unser Spezie, die Muse des

Schwarzen Humors. Große dunkle Autos mit dem Kennzeichen HG-ST 1111 fuhren durch München, das fiel auf und sollte heißen: ‚Der Honig ist Saschas Tochter'. „Den Kloß möcht ich gern mal sehen, wie der ausschaut." „Wirst du bestimmt, kann mir nicht vorstellen, dass SIE dir den vorenthalten", antwortete Sascha. „Wie heißt die Nutte eigentlich?, auf der Klingel in der Hohenzollernstraße steht Baumanns/Jablonski." „Ich glaube, die heißt Sandra Baumanns, ja, ja einer der Zuhälter hat zu ihr gesagt: „„Sandra, steh endlich auf, beweg deinen fetten Arsch..""", antwortete ihr Mann. Das Kürzel SB war geboren.

Samstags in der Heimat besuchten Sascha und Sophie den Kölner Gemüsemarkt. „Wir müssen einkaufen, Franz kommt morgen Abend, was wirst du kochen?" „Rattatouille mit Knoblauch", war ihre Antwort. Sie spazierten durch die Innenstadt, kamen an Yves Roches vorbei, am Fotoladen, überquerten die Straße, in der sich das kleine italienische Ristorante befindet, als Sophia stutzte. An der Ecke Hutladen/Markt standen sie plötzlich, zwei junge Frauen, in der Mitte eine monströse Gestalt. „Bleib stehen, Sascha, das ist der Kloß." „Nein", „Doch", „Nein". Es ging hin und her. In dem Moment drehte sich das Wesen um, starrte Sophie an. Ein leerer, stupider Blick, rehbraune Augen, ein Loch im Gesicht, die Nase, und... ein Klumpen Matsch, der von zwei kleinen Stempeln getragen wurde. Ein graues Bettlaken umrundete die Figur, Größe 60, 62 vielleicht mehr.., Länge: 1,35 m? „Wie ist die hier hingekommen, die kann doch gar nicht laufen?" „Weiß nicht.." „Irgendwas musst du doch wissen...", sie schrie in die Menge. Die Passanten guckten. „Es ist zu schrecklich, komm weg hier", sagte ihr Mann. Das Thema war fürs erste vom Tisch, der Tag war gelaufen. Pfingsten stand vor der Tür, das Fest der Erleuchtung, das Fest des Heiligen Geistes in der katholischen Kirche. Sophie lag auf der Couch, sie überlegte. Damals, Sarah war geboren, ich verkehrte in der BIRNE, Sascha ebenfalls. Er lief allabendlich durch die Kneipen, wusste nicht wohin. Sie erinnerte sich, da war ein Abend im Sommer, vor vielen Jahren, ich stand mit Carla und Kommilitonen am Tresen, ein Meter weiter stand Sascha, der immer nach unten schaute. 'Was sieht der da?', dachte Sophie, ‚da sitzt jemand', ging es ihr durch den Kopf. Sie hatten keinen Kontakt, grüßten sich. Es war schon spät als Sophie die BIRNE verließ, wenige

Leute standen jetzt am Tresen und Sascha. Sie musste an ihm vorbei, schaute nach unten und erblickte eine Frau, eine Liliputanerin, mit der er rumalberte, Bier trank. Sophie wollte ins Bett, morgen früh zur Uni, am Nachmittag arbeiten und Sascha... Er stieg auch ins Bett, in immer andere, wies gerade kam und eines Nachts in das Bett der Liliputanern, da muss es passiert sein. Das war's! Sie sagte es ihm auf den Kopf zu. „Ich konnte damals nicht zur Uni gehen, ich hab's nicht geschafft, morgens aufzustehen, da bin ich nächtens durch die Kneipen, hab gesoffen und immer gedacht, dass schaffst du schon, das mit den Scheinen. Die Psychologin hatte doch gesagt, dass ich so intelligent sei, ein Genie, da brauchte ich doch nicht in die Vorlesungen, das schaffst du mit links, hab ich mir immer gedacht, wenn du vor den Prüfungen mal in die Skripte schaust. Ich hab's nicht geschafft, das war ein Fehler, ich weiß, ein großer Fehler und dann meine Sexsucht", sprach ihr Mann.

Das Monster war Saschas Tochter. Ähnliche Gesichtszüge, ähnlicher Ausdruck, es gab keinen Zweifel. „Wie sind DIE denn an das Wesen gekommen.., hast du eine Erklärung?" „Nein.." „Überleg mal. Die Liliputanern hat in Kendenich gewohnt, in der Fabrik gearbeitet.." „Ich hab die nur an zwei Abenden gesehen, da muss es passiert sein", antwortete er. „Und dann?.." „Nichts." „Wie nichts?, die Frau muss doch deinen Namen gewusst haben, das Wesen wurde registriert." „Schon möglich." „Ist die nie mehr in der BIRNE erschienen, hat nach dir gefragt und gesagt, dass sie ein Kind erwarte?" „Nö, über die werden viele gestiegen sein, deshalb glaube ich nicht, dass das meine Tochter ist." „Davon bin i c h aber überzeugt, der Blick und so.., die ist dir wie aus dem Gesicht geschnitten, die hat deine Visitenkarte im Gesicht, die kannst du nicht verleugnen. Wie viele Kinder tauchen noch auf? Eins in Hamburg, nee, vermutlich das andere auch, ich fass es nicht!" „Das war meine Krankheit, warum ich die ganze Scheiße gebaut habe, jetzt ist mir das klar. Damals lief ich vernebelt durch die Gegend und dachte, ich bin der Größte!" „Das warst du sicherlich auch, du hast nur auf dem falschen Acker gewerkelt. Stell dir vor, du hättest Dich so in die Mathematik eingebracht? Aber wie kommen DIE an das Monster?", sprach sie. „Über Deusdorf vermutlich. Die Liliputanern hat in Kneipen verkehrt, gesoffen, ist auffällig geworden, dann haben SIE die Frau für IHRE abartigen Kunden kassiert, vermute ich. Bei der war kein Casting nötig, die passte sofort in IHR Programm. SIE haben sie in den Osten gebracht und der Kloß wurde geboren. Wo ist die SB geboren? Wie heißt ihre Mutter, weißt du das?" „Keine Ahnung. Die soll tot sein, hat der Kloß gesagt, aber die sagt immer nur das, was sie sagen soll. Ich hab mit dem Monster nichts zu tun, ich hasse die... Sollen DIE dafür aufkommen, für die sie gearbeitet hat!", sagte Sascha. ‚Wie hat DER die bloß aufgetan?', sprach Sophia zu sich. ‚Darauf hätte ich gern eine Antwort.'

Dem schwarzen König war ein fataler Coup gelungen! Seine Läufer hatten geholfen, sie waren IHM mit Rat und Tat zur Seite gestanden. Fast hätte ER es geschafft, die weiße Dame schachmatt zu setzen. Das Spiel war zu schwierig, zu komplex, um die unendlichen Facetten zu beherrschen. Zu viele Bauern... Große schwarze Autos fuhren durch die Straßen Kölns, K-ME 28.5.: ‚urbis et orbis': ‚ICH, Nero, EUER Kaiser, herrsche über Stadt und Land, damit Ihr es wisst, und besonders Du...', sie war am 28.5. geboren. ‚Bald wird die Stadt in Flammen aufgehen und ICH werde von meinem Thron aus schauen wie Ihr lauft, lauft um Euer Leben, Ihr kleinen Würmer im Tal.'

„Ihr müsst begreifen, wie's läuft: ICH, Euer König, lasse Euch nur, wenn ICH will. Ihr habt was vor und.. ICH entscheide, ob's geht. Und.. wenn es mir nicht gefällt, sag ICH njet.., wenn ICH nicht will, geht nichts. Ihr wollt hoch hinaus, up?, weil ihrs könnt, ICH sag K-UP 1110 und ihr bleibt da, wo ihr seit, kriecht weiter auf der Erde wie alle andern auch. Meine Läufer sind im Einsatz, die machen's. Ihr geht zum Arzt, SIE sind auch da, waren schon da, bevor ihr ankommt, haben in meinem Auftrag gesagt, wie's läuft. Und.., der tut's. Dein Doll soll behandelt werden?. NEIN, sieh zu wie du mit dem klar kommst, Johannistee ist richtig, kein anderes Mittel. Und... meine Zuhälter werden's richten. Die bringen die Medizin, die dein Doof braucht, damit er das bleibt, was er ist, ein Dummkopf, ein Stricher. ICH hab meine Freude dran, wenn er onaniert, drei, vier mal die Nacht, wenn seine dreckige Brut rein ruft: ‚du Idiot, mach's dir, die Sophia verlässt dich eh, du Dummkopf, du Wahnsinniger, geh ins LKH.‘ Und... er macht, onaniert, geil, genauso will ICH das, verkauft sich gut. Der Hirni unter Euch bringt's morgen früh weg, einer meiner Bauern, der folgt, der ist brav, der Dusel, dem seine Tussi, die ist so wie ICH sie brauch, nicht zu schlau, nicht zu dumm und... geldgeil. So läuft der Laden, so läuft mein Unternehmen, so befriedige ICH meinen Sadismus, so geht mir einer ab. Aber... ICH kann auch anders. Das sind die kleinen Fische, die Deals mit den Bauern, wenn's um Geld geht, wird's interessant. Die Sophie und erben.., ICH bestimm, was die kriegt. Da ist der Anwalt, mein Turm, der will selber haben, will viel, also macht der was ICH will: „Für zweihunderttausend würde ich laufen, laufe ich schnell...", hat er gesagt und er lief, lief in seine eigene Katastrophe. Was juckt's mich. Scheiß egal. Einer von vielen, die ICH hab springen lassen, alle sind sie gesprungen, wenn ICH es sagte, in den Sumpf, nur wenige konnten sich retten, viele gingen unter, was soll's, sie handeln in MEINEM Sinn, nur das zählt. Alle machen, was ICH will. Wehe dem, der anders denkt. Wie, die kennt jemand, der könnte MIR.., Gefahr lauert, mir, MEINER GNADEN, gibt es nicht, nirgendwo auf der Welt, meine Auftragskiller sind schon vor Ort, still und leise: ‚Plötzlich und unerwartet ist's passiert, wir bedauern sehr...‘ heißt es dann. Und ‚Beweis‘, das Wort kenne ICH nicht, hab ICH nie gehört, kommt in meinem Jargon nicht vor. So geht's, so läuft's, so funktioniert die Welt, MEINE WELT, die faszinierend ist.

Hab mich für alle Jobs beworben, hat geklappt, bin prädestiniert! Mein Labor entwickelt und macht, lässt die übliche Pharmazie hinten an, ICH mach die Menschen krank und gesund, von jetzt auf gleich, wie ICH es will. Für alles hab ICH das Mittel und... das Gegenmittel, verfüge über fähige Chemiker und so... Das jemand auf der Stelle einschläft und wach wird, kein Thema, das geht, dass die Bauchspeicheldrüse malträtiert wird, kein Thema, funktioniert bis zum Krebs, könnte ICH, will aber nicht, nicht immer, der hat's dann schnell hinter sich. Und... keiner kennt die Ursache, kein Arzt, kein Richter. Die Haut, die Knochen und erst die Psyche.., mein Spezialgebiet, im Landeskrankenhaus ist der richtig, der Friedhof ist auch recht, da weiß ICH, jetzt ist's aus, der hat's hinter sich, die sicherste Sache.

‚Körperarchitektur‘, meine Supervision. Was da möglich ist. 50-jährige werden zu 30-jährigen. Ein langer Ohrlappen, ein normaler, in einem Gesicht, funktioniert, abstehende Ohren, ICH mach die Korrektur, die... wundert sich später.., dünne Leiber, dicke Leiber, Fettsack, Ekel, abartiger Sex, der sich gut verkauft, dazu hängende Eier made by ME.

Die digitale Welt, eine neue Herausforderung für meine Elitetruppe, die wird beherrscht, auch da sind WIR Spitze. Wenn wir aufs Feld gehen, spielen wir in der ersten Liga, wir haben die Leute, die Köpfe, reine Männerwelt. WIR müssen umdenken, da sind die Frauen, einige wenige, die's könnten, die den Kopf haben, ICH kannte mal eine. Schade! Wie kann ICH abtreten, sterben, geht nicht, alles ist im Fluss, entwickelt sich, geht weiter, ist spannend, hoch spannend. Wer wird mein Nachfolger, ein Mann, eine Frau? Was mach ICH mit meinen Millionen?, hab ICH alles bezahlt?! NEIN!, da fällt mir doch noch was ein!“

ICH, Nofrete, Gattin des Pharaos von Ägypten, frage EUCH, was wollt IHR?

Was sollen all die Belästigungen, Verfolgungen, Verleumdungen... Wem wollt IHR schaden? Wenn nicht EUCH selbst!

Bedenkt:

„Denn wie kann ein Tyrann die Freien und Stolzen regieren, außer durch eine Tyrannei ihrer eigenen Freiheit und eine Scham über ihren eigenen Stolz? Denn die Bedürfnisse des Menschen ändern sich, aber nicht seine Liebe und nicht sein Wunsch, dass seine Liebe seine Bedürfnisse befriedigen sollte.."
(aus: Der Prophet, v. Khalil Gibran)

Köln – München, München – Köln. Endlich war es soweit, die Wohnung in der

Lindenstraße war gekündigt, die Koffer standen gepackt im Flur. Die Zimmer, Küche, Diele, Bad mit Gebrauchsspuren wurden dem Vermieter übergeben. Spuren, die das Paar beim Verriegeln der Fenster, der Türen gemacht hatte. Sophia vermutete, dass sie nachts ihre Ruhe hatte, bei Sascha sah die Sache anders aus. Er öffnete Tür und Tor, wenn sie ihn aufforderten. Die Befehlsautomatie, Saschas KO-Kriterium, IHR Gelingen in dem Wahnsinn. ‚Erfolg?‘, fragte sich Sophie. ‚Wenn ich nicht mit offenem Visier kämpfe?‘

Ab jetzt einmal monatlich München. Morgens hin, abends zurück. „Kann mir nicht vorstellen, dass SIE noch einen im Flieger platzieren." Sophies Wunsch.. Tatsache war, auf Schritt und Tritt wurden sie weiterhin beschattet. „Den Tag haben wir heute gut hinter uns gebracht, Sascha, jetzt geht's wieder heim." ‚Ob er im Puff war?‘, fragte sie sich, sie hielt den Mund. Der Flieger war besetzt, die letzte Maschine nach Köln. Das Paar bemühte sich an einem Fluggast vorbeizukommen, um den Sitz in der Mitte und am Fenster zu erreichen. ‚Der Dusel könnte ruhig aufstehen..‘, dachte Sophie. Der Typ grinste, der scheint doch nicht... Der Flieger startete. Männliche Stewards sorgten für das Wohl der Gäste. Ein Steward demonstrierte die Verhaltensweise bei einem Flugzeug-Absturz, als es aus Sophie heraussprudelte: „Immer diese weiblichen Männer, schrecklich!" Mit dieser Bemerkung wurde bei ihrem Nachbarn eine Gefühlswallung ausgelöst, der plötzlich los legte: „Ja, ja, ich geb Ihnen recht, absolut, absolut, bei einer Frau sieht das anders aus. Aber mein Mann und ich..." Sie fiel ihm ins Wort: „Nicht wahr, ich hab Ihnen aus dem Herzen gesprochen, hab's mir schon gedacht... nehmen Sie's nicht so." Der Mann rutschte unruhig auf seinem Sitz hin und her: „Wir Männer haben's heute nicht so einfach..". „Hören Sie auf, ich fang mit Ihnen jetzt keine Grundsatzdiskussion an...", Sophia hatte gesprochen. Die Unterhaltung war beendet. Eisiges Schweigen während des Flugs, sie hatte ihn voll erwischt. Bei der Landung schoss der zur Tür als sei der Leibhaftige ihm erschienen...

Wieder zurück in Köln, betraten sie die Hallen des Flughafens, der Mann aus dem Flieger schien wie vom Erdboden verschluckt. Sophie babbelte vor sich hin: „Et is wie et is un et kütt wie et kütt un et hät emmer noch joot jejange..", die Philosophie des Rheinländers war an den Wänden zu lesen, daneben ein Glas Kölsch. ‚Hätt ich jetzt auch Lust drauf..', sagte sie sich. Gottlob, sie waren wieder zu Hause, in der Heimat. In den letzten Wochen hatte sich ihnen ein neues Lebensgefühl offenbart. Musik lag in der Luft: ‚Rheinische Klänge'. Es war Sommer, abends saßen sie auf ihrer geräumigen Terrasse, die sie mit Blumenkästen geschmückt hatte, Geranien, Lavendel, Oleander. Seit einer Woche beobachtete Sophie ein im Wind flatterndes rosa Laken, zweihundert Meter von ihnen entfernt. „Schau mal Sascha, das Tuch da, komisch..", sagte sie zu ihrem Mann. „Das ist nichts, die sind weg, du siehst Gespenster." „Denk ich mir, das sind die Nachwirkungen unserer Verfolgung." Am nächsten Tag, Sophie goss die Blumen, plötzlich, sie traute ihren Augen nicht, öffnete sich das gegenüberliegende Fenster... ‚Das ist doch der Kloß, der Kloß aus München im roten T-Shirt, er steht am Fenster.' „Ich glaub es nicht", schrie sie. „Sascha, der Kloß, er ist auch wieder da und die Schweine... Schöne Scheiße." Alles wie gehabt, die Zuhälter, die Nutte, die Verfolgung. Sie wurden tagsüber belästigt, sie wurden nachts belästigt. Sophie überlegte, „Sascha du willst doch auch, dass die Sache endlich beendet ist, du wirst im Schlafzimmer belästigt, sie kommen auf den Balkon, du wirst im Wohnzimmer belästigt, sie sind auf der Straße und die Nutte, flankiert von zwei Zuhältern, öffnet ihren alten Mantel, sie ist nackt." „Ich werd noch blind von dem Anblick, dem Ekel", antwortete er. „Ich hab eine Idee...", sagte seine Frau: „Unser Bad ist geräumig, da kann dich keiner stören, wir werden eine Matratze reinlegen und du nächtigst für kurze Zeit im Bad. Ich schließ von außen ab und stell einen Stuhl unter die Klinke, zur Sicherheit. Wenn was ist, ruf, ich hör dich ja. Du kommst nicht raus und DIE kommen nicht rein, unser super Indoor-Schloß knacken die nicht, das kriegen auch die nicht hin und so haben wir wenigstens nachts unsere Ruhe." „Ok, machen wir...", ihr Mann war einverstanden und Sophie war beruhigt, jetzt waren sie in der Nacht sicher...?

In dem Punkt war sich das Paar einig, der Wahnsinn ist nicht zu toppen. Die

Verfolger hatten sich ausgetobt, was sollte noch passieren, jetzt war Schluss. „SIE können einen von uns beiden umbringen, Sascha, das könnte IHNEN noch einfallen." „Wenn SIE das machen, ist das Spiel beendet, aber das machen SIE nicht. DER will dir nichts, ein bisschen quälen... und ich soll ins Irrenhaus." ...„Aus den trällernden Vögeln in der Früh mach ich eines Tages Federkopfkissen...", aus: ,Alles für die Katz", Autor: Fritz Plaschke.

Der Wahnsinn war zu toppen. Sophie dachte lange Zeit, wenn wir uns sicher verriegeln, Tür und Tor zusperren, nicht nur mit einem Schlüssel, mit Schränken und Seilen, mit Porzellan, dann passiert nichts, kommen SIE nicht ins Haus. SIE schafften es, SIE kamen hinein und liefen hinaus, ohne Spuren zu hinterlassen. Wir müssen uns zubetonieren, das wird helfen, aber zubetonieren..? Mittels KO-Tropfen schläferten sie Sascha und Sophia ein, standen plötzlich vor Sascha, machten ihn wach, gaben ihm sein Gift. Sophie erwachte später, hatte von alldem nichts mitbekommen, schaute weiter fern. „Waren DIE wieder hier?, sag mal.." „Nein." .."Doch, waren SIE.., ich hab den Film nicht richtig gesehen." „Ja, SIE waren da." „Scheiße." Sie schläferten nicht nur das Paar ein alle Leute, die mit den beiden zu tun hatten. Eines Tages lernte Sophie eine leibliche Cousine kennen, von der sie bis dato nicht wusste, dass sie existierte. Sie lebte mit ihrem Mann im Rheinland. „Kommt morgen zum Frühstück zu uns und wir, Kusinchen, haben ja noch was zu erledigen." „Jetzt sag bloß nicht, dass DIE eben da waren...", Sophie zu ihrem Mann auf dem Heimweg. „Doch, waren SIE.." „Dann haben SIE uns vier eingeschläfert." „Haben SIE und mir mein Gift gegeben." „Die wohnen doch auf dem Dorf, wo jeder jeden sieht, das geht doch nicht?", erwiderte Sophie. „Da kamen heute Morgen zwei große Gestalten, die sind zu den Klösters", werden die Leute sagen. Und ein Nachbar wird antworten: „Nee, Jung, Du bis bekloppt, Du siss wiesse Müs..", sagte ihr Mann. „Ich kann nicht mehr, das darf nicht wahr sein, die können wir vorerst nicht mehr besuchen, da haben wir unsere Vorstellung gegeben und manch einer vom Dorf wird über die Sache reden bis er in die Kiste steigt", so die Frau.

Ein paar Monate später verstarb Sophies Mutter, ihr Millionen-Erbe hatte sie einer Stiftung vermacht. „Du bekommst einen Pflichtteil, Sophia, das kannst Du Dir nicht entgehen lassen.." „Ich weiß.., ich muss die Sache durchdacht angehen." Sie blätterte in den Gelben Seiten, ein Anwalt fürs Erbrecht musste es sein, sie wurde fündig. Ein paar Tage später konsultierte das Paar den Erbrechtler. „Sie werden den Erbschein bekommen..", so der Anwalt. „Werde ich nicht..", war ihre Antwort: „Ich wurde vor Jahren von meiner Mutter enterbt und bin pflichtteilsberechtigt. Meine Mutter hat ihr Vermögen einem Verein für wohltätige Zwecke vermacht, das sagte ich Ihnen bereits.." Waren sie hier richtig?, sie kräuselte ihre Stirn. „Der hat wenig Ahnung..", so Sascha zu seiner Frau als sie wieder auf der Straße waren. „Und Erbrecht kann jeder Anwalt, das könnte auch ich, aber wir brauchen den Mann.., das Geld auf den Konten aufspüren und was sie sonst so vermacht hat, wird er wohl hinkriegen...", so Sophie. „Wollen wir hoffen...", antwortete Sascha. Ein umfangreicher Schriftwechsel seitens der Parteien fand statt, nach drei Monaten kam die erste Zahlung, nach zwei Monaten eine weitere. Der Berater ihrer hauseigenen Bank, bei dem Sophie ihr Konto hatte, benachrichtigte sie: „Frau Schwarzenbach, es ist Geld eingegangen, wir müssen einen Termin verabreden, um zu beraten, was Sie mit dem Geld machen. Die beste Lösung, um Kapital anzuhäufen, sind die Fonds. Sie möchten doch sicher jede Nacht gut schlafen und sich nicht im Schlaf hin- und herwälzen und überlegen, was macht mein Geld?" Sophie guckte kritisch, sie hatte keine Ahnung und Sascha?, na, ja. „Wie viel ist überhaupt eingegangen?" Der Banker nannte eine Summe. „Das kann nicht sein." „Doch, hier schaun Sie auf den Bildschirm, das ist die Summe", sagte der Mann. „Da fehlen 14.000 Euro, wo sind die denn?", fragte Sophie. „Wir müssen den Anwalt fragen, der hatte das Geld auf seinem Anderkonto geparkt", so Sascha. Sophie stürmte aus der Bank. „So ne Kacke mal wieder, der Typ von der Bank kommt mir auch nicht gerade vor als sei er Wallstreet-erfahren wie der vertrauenswürdige Mann vom Belderberg, der sein Anwaltsbüro auf der grünen Wiese betreibt. Er hatte ohne Vorankündigung die fehlende Summe einbehalten. „Das ist so, die Summe konnte ich als Vorkostenvorschuß einbehalten", so der Erbrechtler. 'Vorkostenvorschuß?, das hast du dir so gedacht, das ist die Endabrechnung, guter Mann..' sagte sich Sophie. „So Leute wie Ihre Frau Mutter, die haben meist noch Konten im Ausland, Sie sollten da mal recherchieren, in Luxemburg und in der Schweiz."

Sie schaute mit großen Augen. Der Anwalt wollte aus der Erbsache eine sprudelnde Quelle zaubern. Meist beendete er ein Gespräch mit den Worten: „Wie Ihre Frau Mutter gehandelt hat, ist bauernschlau." Mit diesen Worten verwies er auf die bäuerliche Herkunft der Frau, die von einem westfälischen Großbauernhof mit Ländereien abstammte. Im darauffolgenden Sommer verbrachte der Anwalt mit seiner Gattin einen vier Wochen Urlaub in den USA, die er mit den Worten kommentierte. „Endlich kann ich meiner Frau mal was bieten!" Sascha und Sophia fuhren in die Eifel.

Jurist und Banker waren nicht aus Palisander-Holz geschnitzt. ‚Du musst aufpassen, DIE machen mit dir, was SIE wollen, du bist eine Frau und DIE sind von vorgestern..', dachte Sophie. Eines Tages erhielt sie einen Anruf: „Frau Schwarzenbach, ich muss Ihnen leider mitteilen, dass die Fonds ein Minus von 7.000 Euro gemacht haben, aber das haben wir in einer Woche wieder drin, das weiß ich, der Fond geht jetzt wieder hoch und überhaupt.. Sie haben die Fonds gekauft, da standen sie relativ hoch auf der Skala..", rechtfertigte sich der Mann. „Sie haben mich doch dahingehend beraten..", Sophie war außer sich.. Das hatte zur Folge, dass sie zwei weitere Eigentumswohnungen erwarb und wenig später die Mieten auf ihrem Konto eingingen. Die Fonds waren gekündigt als der Banker äußerte: „Stein.., das einzig Wahre allein.." und Sophie dachte: ‚Du Depp du, einmal und nie wieder mach ich mit dir ein Geschäft, als Berater in der Fischabteilung von Aldi, da bist du richtig.. Hin und wieder trafen sie sich auf der Straße, der Banker starrte mit großen Augen, Sophia übersah den Mann. „Von Herrn Gröl möchte ich nicht mehr beraten werden", lies sie die Chefin der Bank wissen. Die Frau hatte verstanden. Und.. dem Anwalt kündigte sie sein Mandat, der einen Tag später schrieb: „Dass Sie mir das Mandat entziehen, kann ich nicht verstehen, wo wir doch schon einen großen Betrag aus der Erbsache geholt haben." ‚Was versteht der unter groß?', fragte sie sich. Es stellte sich heraus, dass die eigentliche Erbsumme, die ihr zustand, von dem Anwalt nicht korrekt ermittelt wurde. Ein weiterer Anwalt wurde konsultiert, der in das gleiche Horn blies und zum Abschluss der Beratung meinte: „Wenn ich der Typ von der Stiftung wäre, würde ich auch mauern und... gegen einen Kollegen gehe ich nicht vor..." „Wen vertreten Sie eigentlich?.., ich glaub's nicht mehr." „Komm Sascha." Schon waren sie aus der Tür. Zwei Tage später trafen sie den eigentlich soliden Mann, einen 1,90 m Menschen, in der Stadt an der Imbissbude stehend, sein Rücken bedeckte ein schwarzes Hells-Angels-Hemd. „Hast Du den Anwalt gesehen, Sascha, der ist in Kampfeslaune." Eine überregionale Kanzlei regelte die Erbsache im Sinne des Gesetzes.

Es war die Zeit des Erbens. Just zu der Zeit verstarb ihre hundertjährige Pflegemutter, die ihr vor einem Jahrzehnt erklärt hatte: „Kind, dass was übrig ist, wenn ich denn mal tot bin, das bekommst Du. Und.. das wird schon ne Summe sein, die übrig bleibt, das kannst Du mir glauben. Die Kinder meines Mannes selig, mit denen hatte ich es nie, die waren nicht gut zu mir, Du sollst alles bekommen. Herrn Krestl habe ich als meinen Vermögensverwalter eingesetzt, ein vertrauenswürdiger Mensch, der wird alles in Deinem und meinem Sinn regeln." Der Name Krestl versprach, dass es mit dem Erben nichts werden würde, das war der geschiedene Mann einer Stieftochter, der weiterhin regen Kontakt mit der Familie pflegte. Ein Mann mit Hut und Gebetbuch, der dafür sorgte, dass die Gelder wieder zurückflossen. Herr und Frau Krestl besuchten die alte Frau wöchentlich im Altenheim, servierten Kaffee und Kuchen auf einer weißen Decke, die gestärkt und gebügelt war. ‚Eine weiße Decke, reicht nicht...', dachte Sophie, ‚kommt gut, aber...' Es kam wie die Tochter erwartet hatte. Mutter Eberle verstarb hundertjährig einsam und verarmt, trotz Rente, trotz ehemaligem Vermögen. Sophia hatten sie auserkoren, Frau Eberles Negativvermögen zu regeln. Bei einem Notar beurkundete sie, dass sie das Erbe ausschlage, worauf der Notar, ein fröhlicher Rheinländer, meinte: „Dann bis zur Millionenerbschaft.., dann sehen wir uns wieder." Der kleine Mann mit der rosa Weste und dem grasgrünen Hemd, der sich ihnen mit den Worten: „Ich bin der Vertreter, bin der Vertreter...", vorgestellt hatte, lächelte freundlich, zeigte seine Zähnchen und Sophie sprudelte los: „Was war denn jetzt wieder?", „SIE waren da.", antwortete Sascha.

Ab und an sprach Sophia morgens im Bett ihr Gebet: „Paschewski, morgen, hör zu, mach doch endlich Schluss mit der ganzen Scheiße, was soll das denn, Menschen quälen und so, wer macht denn so was und das auf Deine alten Tage, das ist nicht gut für Dich und Dein Seelenheil, mach mal was Gutes, dann geht's Dir besser, wirst sehen. Und.. überweis endlich die Million, die mir als Schmerzensgeld und Schadensersatz zusteht, Du kennst meine Kontonummer, nimm die von der Sparkasse."

Theater special

Der Dottore konnte auch anders, lieb und nett sein. ‚Geht das?‘, wird sich manch einer fragen. Ja, das geht.‘ Sie waren wieder in München, gegen Mittag hatten sie sich im Zampano verabredet. Sophie hatte ihre Shoppingtour beendet, in St. Odeon beim Judas Thaddäus eine Kerze aufgestellt, der Heilige für unlösbare Fälle, jetzt war sie auf dem Weg ins Ristorante. An der Bar trank sie ein Aqua minerale und wartete auf Sascha. „Schön, dass Du wieder da bist, wie war's im Büro?.., ich hab Hunger.., komm wir gehen nach oben, da sitzt man besser." „Sie können heute in der VIP-Lounge nicht sitzen, die ist geschlossen." „Doch, doch die können da sitzen.., DIE haben eben angerufen, das ist ok...", der italienische Kellner hatte gesprochen und brachte das Paar zu einem schönen Platz. „Für die Auserwählten", murmelte er vor sich hin, kullerte mit seinen großen Augen und war verschwunden. „Ich nehm wie immer das Menue I und Du sicher das Menue II, alles wie gehabt, dazu ein Glas vino rosso und ein Aqua minerale." Sophie stellte ihre C+A-Tüte auf den Tisch: „Schau, das hab ich heute erstanden, schön, nicht.." Sie stülpte ihrem Mann die Wintermütze über den Kopf: „Die kannst auch du tragen, Größe unisex, die steht dir, für kalte Tage."

„Sophia, ich muss wieder los, die Pflicht ruft, ciao bella, bis gleich.." Sascha stand auf und war schon aus der Tür. ‚Was machst Du jetzt?‘, fragte sie sich. Die Shoppingtour war erledigt, der Englische Garten war angesagt. Als sie das Ristorante verließ, hörte sie wunderschöne Musik. ‚Woher kommen die Klänge?‘ Sie betrat die Hallen des Hofgartens und erblickte zur Rechten ein Orchester. Eine kleine Gruppe hatte sich versammelt. Sophie gesellte sich zu den Leuten und lauschte der Arie des Tenors, die in dem Satz gipfelte: ‚Mais moi, Carmen, je t'aime encore..‘ In dem Moment drehte sie sich um.., dieser Blick..

„Der Typ kann öfter kommen." Der Tenor hatte seine Jacke zugeknöpft..

„Für heute hab ich's geschafft, wir haben noch drei Stunden bis unser Flieger geht, was machen wir?" „Ein Fleischpflanzerl und ein Helles im Donizl, ist das ok, Sascha?" Wie oft hatten sie während ihrer Münchner-Zeit hier Brotzeit gehalten, abends, wenn ihr Mann aus dem Büro kam und heute? Gleich geht's zurück in die Heimat, in drei Stunden heißt es wieder: ‚..et kütt wie et kütt..' „Komm auf zum Flughafen, wir müssen.., Sophie, in zwei Stunden geht der Flieger." Sie warteten in der Flughalle: „Lass die Leute schon mal vorgehen, wir haben noch Zeit." „Jetzt komm, Sophie, wir müssen.." Sie betraten die Maschine als die Stewardess dem Pilot mitteilte: „Die Herrschaften sind an Bord, the flight can be closed." „Dachten DIE etwa, wir ‚hauen ab' über München nach Italien zur Konkurrenz, Sascha?" Ihr Mann hatte, wie so oft, nicht gehört. War ja auch nur so ne Idee... „Wie ist unsere Platznummer, Sophie?" „Reihe 11, A + B.."

„Heute sollten wir nochmal über den Weihnachtsmarkt gehen, in einer Woche ist Schluss, dann ist schon Heilig Abend". Sie waren in der Stadt, hatten ihre Besorgungen erledigt als Sophie sagte: „Ich glaube, dass viele Leute heute die gleiche Idee hatten, es gibt Menschen über Menschen, sie schieben sich nur so durch die Reihen. Warte mal, bleib stehen Sascha, schau mal, ich fass es nicht, da hinten, in der mittleren Reihe, der Mann da, das ist doch, das ist doch... der Dottore. Ja, klar, das ist er, ohne Hut und in einem hellen Wintercoat, das Gesicht, das Lächeln und... die Frau an seiner Seite, seine Magd, nett schaut sie aus, lächelt freundlich. Die ist ideal, die ist gut, tut und macht, fragt nicht, das ist die Richtige. ER hatte schon immer einen guten Riecher was Frauen angeht, obwohl.., manchmal war die Nase verstopft." Sophie blieb stehen, atmete tief durch. „Wir müssen noch in die Buchhandlung, den Kalender für Sarah kaufen und ein Geschenk für unseren Schwiegersohn, nur was? und ich brauch goldene Servietten für den Weihnachtstisch, ob ich die dort bekomme?" „Werden sehen, wenn nicht, du hast dann sicher eine andere Idee." „Schau, das Auto, die schwarze Limousine, mitten im Weihnachtstrubel fährt die mit den Leuten durch die Stadt, unglaublich, und schau, Sascha, ein Blumenherz haben sie auf die Motorhaube dekoriert." Der Code: „K-DU, 234". Sie drehte sich um, da war er wieder... dieser Blick.

„Das war heute wieder ein Erlebnis, der Dottore auf dem Weihnachtsmarkt. Wie viele Leute waren wohl um den ‚rum'?" „Denke fünf bis acht, Sophie." „Und seine Begleitung hat keine Ahnung, Wahnsinn... Wie war das wohl, wenn ich mit ihm unterwegs war, Sascha?" „Das wird genauso abgelaufen sein, da gab es ebenfalls Security. Diese Typen leben gefährlich, denn die Geschäfte, die die machen, sind lukrativ und der Boss einer anderen Familie möchte auch..." „Verstehe. Ich kann mich da an einen Ausflug mit dem Schiffchen erinnern, irgendwo in der Wildnis haben wir übernachtet, vor einer kleinen Insel im Rhein geankert, romantisch. „Uns kann nichts passieren!" Sophia schaute auf einen Revolver, den der Dottore in der Hand hielt.

Weihnachten war vorüber, sie waren ins Neue Jahr gerutscht als an einem Samstagmorgen in der Früh das Telefon klingelte. „Ist die Sophia da, kann ich die mal haben?" „Annemie ist am Apparat." „Guten Morgen, liebe Cousine, deine Stimme klingt traurig, was ist passiert?" „Stell Dir vor Sophie, ich kann nicht mehr, ich fass es nicht, der Josef ist heute Morgen um sechs verstorben, die Maria rief gerade an..." „Wie bitte?, das ist, das ist ja, ganz furchtbar!" ‚Warum Josef, warum kein anderer, wir haben uns doch erst kennengelernt?', ging's ihr durch den Kopf. Der Morgen war gelaufen. Kein Frühstück, keine Musik, traurige Stimmung. „Wir müssen heute was unternehmen, unter Leute gehen, auf andere Gedanken kommen, Sascha." „Das müssen wir." „Wir gehen in die Stadt und essen im Sion, was hälst du davon?" „Ist ok." „Sascha, lass uns den Platz nehmen, der ist gerade frei geworden." „Zwei Kölsch und zweimal Flöns, bitte." „Wer kommt denn da, Sascha, schau mal, die Truppe, ‚Der Prinz kütt.' " Als es auch schon los ging: „Mir lossen dr Dom in Kölle.." „Das ist ne Nummer, stark, schau Dir die Typen an wie die in das Horn blasen." „Das ist die Apfelsinentruppe", so ihr Mann. Sie drehte sich um, ein freundlicher älterer Herr lächelte ihr zu und nickte..

„Man, war das ein Traum eben, ob das von dem Cannabiskonsum kommt, Sascha?" „Nee, kann nicht sein, von dem Bisschen.." „Ein Wellensittich, ein wunderschöner, bunter Vogel, einer wie die Sarah früher hatte, saß auf meiner linken Schulter. Er hörte auf den Namen Pavarotti. Ich erzählte mit ihm, er antwortete und wenn er störte, kam er in den Käfig. Manchmal brummelte er vor sich hin: „Pa, Pa, Pava.. Tiii." Der Vogel gehörte zu mir wie die schwarzen Klamotten, die ich manchmal trage und machte sich gut. Eines Tages, ich hatte den leidlichen Besuch bei Mutter Eberle hinter mir, traf ich auf die Kneipenfrau, im Traum, Sascha, versteh mich richtig. Die war eine hübsche Frau, eine von denen, die ab 50! Wir waren uns einig, verstanden uns und besuchten ein Haus, ein Einfamilienhaus, indem sich viele Leute aufhielten. Fremde Menschen hatten sich hier versammelt, redeten miteinander, liefen die Treppe rauf und runter. Plötzlich sagte ein Mann:

„Der Paschewski ist tot."

Stille. „Ob das am Wetter liegt?, gestern ist auch einer mit 86 in Frührente gegangen", fragte ich die Kneipenfrau, die mich groß anschaute. „Kann nicht sein, das sind doch unterschiedliche Truppen, die eine religiös veranlagt und die andere.., aber eigentlich wetterunabhängig, meine ich."

„Das mit dem Testament von DEM, ist ja auch so en dolles Ding.., das wird nichts, das könnt Ihr mir glauben, DER hat uns alle.., so wie wir hier sind.., so wie ER eben war...", schrie ein Mann in die Runde und knallte die Tür hinter sich zu. Und das hat ER zum Schluss auch noch von sich gegeben: „Wenn ICH doch jetzt bei meinem Freund wäre!" „Undankbar.., nicht wahr, dabei haben wir uns so große Mühe gegeben mit DEM, das Theater mit der Pflege, all die Wäsche und überhaupt... und jetzt? Dabei hatte DER doch, DER hatte noch mehr, viel viel mehr hatte DER." „Ein boshaft Verblichener..." tönte die Rothaarige. Der Alptraum!

Viele Jahre waren ins Land gezogen, viel Zeit war vergangen, wertvolle Zeit, zig Millionen wurden verschlungen, Menschen waren verstorben und der schwarze König betrieb weiter sein grausames Spiel. War es ein Fluch?

ICH, Nero, EUER Kaiser herrsche über Stadt und Land,

urbis et orbis.

Eines Morgens standen zwei schwarze Limousinen mit dem Code ‚PC-TT 111' vor Saschas und Sophies Haustür.

Der Tod hatte entschieden.

Resümee

Madame Cilly legte den Thriller aus der Hand, sie hatte jetzt seit Jahren in dem Buch gelesen, mal hatte sie gierig danach gegriffen, mal hatte sie es in die hinterste Ecke ihres Zimmers verbannt, weil sie genug hatte, genug von all dem Wahnsinn. Assoziationen waren ihr gekommen, Tränen und Leid aber auch Freude und Hoffnung. Sie dachte an ihre Tochter, an ihren Schwiegersohn. War der Thriller die Quelle, aus der Hoffnung sprudelte nach einem dornenreichen Weg?

„Cilly", hörte sie Albert sagen: „Überleg mal, das gibt es nicht, alles scheitert am schnöden Mammon. Eine Fiktion!"

...Und doch, es gibt Menschen, einige wenige auf dieser Erde, die über Geld, über Macht, über Möglichkeiten verfügen, die alle Fäden in der Hand halten, sie agieren im Dunkeln, nachts, wenn andere schlafen, entscheiden sie über Leben und Tod, sind in Kriege verwickelt, verhandeln mit den Mächtigen der Erde, alle Politiker, alle Wirtschaftssysteme sind betroffen, grenz- und gesetzübergreifend. Cilly dachte an die sizilianische Mafia. ‚Gott sei Dank. in unserem Land sind wir sicher, denn Mafiosis, wie Albert gesagt hatte, die machen, die agieren, die betreiben nicht über Jahre hinweg ein höllisches Szenario, sie töten ihre Opfer.' Der Anwalt hatte es ihnen ebenfalls gesagt: „Ich kann Ihnen Bilder von den Typen zeigen, die hab ich früher vertreten, die bringen andere um. Wenn Sie das sehen, wird Ihnen schlecht. Die fackeln nicht lange. Vergessen Sie das mit der Mafia. Das ist ein Pseudo-Stalker, einer der ganz Reichen, der die Puppen tanzen lässt."

Eines Tages kam ein Buch auf den Markt:
„Was wir so trieben..."
Autoren: Fritz Plaschke/Otto Hansen